KBS1 TV 강연100℃ 최고의 감동스토리

나의
왼손

나의 **어머니**는
나에게 단 한 번도
장애인이신 적이 없습니다.

－양영모(장석란의 아들)

KBS1 TV 강연100℃ 최고의 감동스토리

나의
왼손

강석란 · 문영숙 지음

세시

화상으로 뼈속까지 녹아버린 **나의 왼손.**

손목 절단의 위기에서 기적적으로 구한

엄지손가락 한 마디

그 엄지손가락이 보여주는 경이로움에

나는 매일매일 **감사**하며 살고 있다.

나는 석란이가 겪어온 고통과 성실의 순간들을 글로 옮기면서, 석란이의 어린시절 이야기를 쓸 때는 석란이와 내가 살던 유년의 풍경화를 그리는 마음으로 썼다.
글을 쓰면서 나도 석란이가 살아온 삶에 대해 다시 한번 진한 감동을 느꼈고 석란이를 만날 수 있게 해준 향숙 친구에게도 고마움을 느꼈다.
앞으로 이 책을 읽는 많은 사람들이 삶이 힘겨울 때마다 용기와 위로를 받기를 희망한다.
  −작가의 말 중에서

뜻이 있는 곳에
길은 반드시 열린다

작가 문영숙

처음에 석란이를 만난 후, 나는 석란이가 살아온 질곡의 삶을 듣고 아주 큰 감동을 받았다. 그래서 삶이 버겁고 힘들어 하는 사람들에게 석란이가 살아온 삶을 알려서 용기를 줄 수 있는 길은 없을까 생각했었다.

그런 생각을 품고 어느 날 글을 쓰는 가까운 동인에게 석란이의 사연을 말했더니, 마침 기독교 방송국에서 장애인 수기를 공모하고 있다는 말을 전해 주었다. 나는 석란이가 하나님을 의지하며 기도로 살아온 사실을 알기 때문에, 기독교 방송의 특성상 석란이의 수기가 큰 호응을 일으킬 것 같은 예감이 들었다. 그

공모에서 당선이 되면 상금은 물론 책까지 내준다는 사실을 전해 들었을 때, 나는 무척 흥분이 되었다.

그래서 나는 석란이에게 네가 살아온 지난 삶과, 오늘의 삶을 글로 일기처럼 가감없이 써보라고 권했다. 그 글을 좀 다듬도록 도와주어서 기독교 방송 장애인 수기에 내주고 싶었다.

석란이는 약간 부끄러워하면서도 그러겠다고 내게 원고지 80여 매의 자전적 이야기를 보내왔다. 물론 장애인 수기공모를 하려면 상당한 양으로 늘여야 했지만, 공모 기간이 많이 남아 있어서 내가 잘 다듬을 수 있도록 도와주면 가능할지도 모른다는 희망을 갖고 있었다.

그런데 막상 공모를 잔뜩 기대하고 있던 차에 기독교 방송에서 그 공모를 더 이상 하지 않는다는 걸 알게 되었다. 나는 석란이에게 참으로 미안했다. 괜히 석란이의 마음을 들뜨게 만든 내 자신이 부끄러웠다. 그래서 석란이에게 전후사정을 설명하면서 다시 기회를 보자고 했다.

기회가 되면 다른 기관에서 시행하는 간단한 장애인 수기공모에라도 내주고 싶었다. 그런데 나도 이 일 저 일로 바쁘게 살다보니 그 일이 쉽게 성사되지 못했다.

늘 마음으로는 적당한 기회가 있겠지 하는 동안 어느덧 2년여가 흘러버렸다. 그래도 나는 석란이의 이야기를 그대로 묻어 두기엔 너무 아까워 항상 마음을 접지 않고 있었다. 영영 그런 기

팔봉초등학교 37회 송년회
2013년 12월 14일   웨딩디아몽

회가 오지 않으면 내가 글을 쓰는 작가이니만큼 석란이를 소재로 창작이라도 해야겠다 생각하던 중이었다.

2년 전, 나는 석란이를 만나고 돌아와 초등학교 동창 카페와, 내 개인 블로그에 석란이의 사연을 아주 소상하게 올려놓았었다. 내 블로그에 올린 제목이 〈절망은 없다. 내 친구 강석란〉이었는데, 그 글을 읽은 블로거들도 감동을 받았다고 댓글을 달기도 했다.

그런데 2013년 9월 말, KBS 100℃강연팀이 석란이에게 출연 요청을 해온 것이었다. 아마도 KBS 100℃ 강연팀이 적당한 인물을 찾아 인터넷을 검색하던 중 '절망은 없다'로 내 블로그 글이 검색이 된 모양이었다.

내 블로그에 석란이의 전화번호와 구두 고치는 사진까지 상세하게 올라 있었으니 강연 백도씨 팀이 바로 석란이에게 연락을 한 것이었다.

석란이는 그로부터 한 달 후인 2013년 10월 30일 녹화를 했고, 본 방송은 2013년 11월 17일에 방송이 되었다. KBS 100℃ 강연으로 나도 석란이를 들뜨게 했던 짐을 벗은 것 같아 홀가분했다. 또 석란이의 삶을 통해 분명히 많은 시청자들이 위로와 용기를 받을 것 같아 나도 여간 기쁘지 않았다.

그후, 내가 처음에 바랐던 것처럼 석란이의 삶이 한 권의 책이 되어 나올 수 있게 되었고 그 글을 내가 쓰게 되어 나도 보람을 느끼게 되었다.

석란이와 나는 충청남도 서산의 팔봉초등학교에 다녔고, 6학년 때는 석란이와 내가 같은 반이었다. 책 출간 제의가 왔을 때 나는 내 창작물이 줄을 이어 있었지만, 석란이가 걸어온 삶을 누구보다 내가 더 잘 알았고, 또 내가 석란이를 방송에 나올 수 있게 다리를 놓았기 때문에, 이 책을 내가 써야만 하는 당위성까지 느끼게 되었다.

나는 석란이가 겪어온 고통과 성실의 순간들을 글로 옮기면서, 내 고향이기에, 내가 다닌 초등학교였기에, 석란이의 어린 시절 이야기를 쓸 때는 석란이와 내가 살던 유년의 풍경화를 그리는 마음으로 썼다.

글을 쓰면서 나도 석란이가 살아온 삶에 대해 다시 한 번 진한 감동을 느꼈고, 석란이를 만날 수 있게 나에게 연락을 해준 향숙이 친구에게도 고마움을 느꼈다.

앞으로 이 책을 읽는 많은 사람들이 삶이 힘겨울 때마다 용기와 위로를 받을 수 있기를 희망한다.

2013. 12. 24.

훈훈한 세상 진실하게 살아야 할
책임을 느끼게 하는 강연이었습니다.

−강연 100℃ 시청자 이정배

제 I 장

나는 어여쁜 소녀

나는 화상을 입기 전에는 한 마리 다람쥐처럼
발랄하고 예쁘고 귀여운 소녀였다.

불,
불이야!

열 살 되던 해 초겨울, 저녁 어스름이 내릴 무렵이었다.

'펑!'

갑자기 번갯불이 이는 것 같았다. 나는 순식간에 불꽃에 휩싸였다. 놀란 언니들은 석유가 든 병을 손에서 떨어뜨렸고, 불꽃은 석유에 옮겨 붙어 나의 얼굴과 목과 손, 그리고 전신을 한순간에 덮쳐버렸다. 나는 점점 불꽃 속에 갇혀 열기와 화기가 온 몸을 휘어 감았다. 숨을 쉴 때마다 뜨거운 불길이 내 몸 안으로 들어왔다. 방안은 순식간에 온통 불바다가 되었다.

나는 뭐가 타는지, 어디에 불이 붙은 것인지, 짐작할 겨를도 없었다. 빨갛고 노란 불길이 혀를 낼름거리며 나를 집어삼키려고 사정없이 소용돌이쳤다. 대낮보다 더 환한 빨간 불덩이 속에 내가 완전히 갇혀 있는 것 같았다.

1960년대 충청도 산골에서는 집집마다 등잔에 석유를 부어 불을 켜고 살았다. 전깃불은 도시에나 나가야 구경할 수 있었다. 나는 등잔에 석유를 붓다가 화상을 입은 것이었다.

때마침 불어온 거센 바람은 나의 몸에서 불길을 거세게 몰아쳐 지붕마루로 치솟고 있었다.

하루 종일 일을 하고 사랑채에 누워 쉬면서 라디오를 듣고 계시던 부모님은 고함소리에 놀라 부리나케 안채로 뛰어들었다. 그때 벌써 방안은 완전히 불길에 싸여 방 전체가 빨갛게 보였다. 식구들은 불길이 지붕에 옮겨 붙을까봐 불길부터 끄느라 내가 어떤 상태인지 돌아볼 겨를이 없었다. 식구들이 내 몸뚱이에 불길에 완전히 덮여 있는 것을 알아챘을 때는, 지붕으로 번지는 불길이 가까스로 잡혔을 때였다.

아버지는 불덩이에 휩싸여 활활 타고 있는 나를 안아서 물통이 있는 토방으로 물건을 던지듯 내던졌다. 불이 붙은 내 몸이 뜨거웠기 때문에 아버지는 나를 안고 토방까지 갈 수가 없어 던진 것이었다. 온 몸에 불이 붙어 살갗이 지글지글 타고 있는 나의 몸에 식구들은 정신없이 마구 물을 들이 부었다. 물통에 있던 물과 구정물통까지 물이란 물은 다 퍼서 끼얹었다.

식구들은 내 몸에서 간신히 불길을 잡은 다음에야 정신을 차릴 수 있었다. 어른들은 불에 타버린 나를 보고 기겁을 했다. 화기를 들여 마신 나는 온 몸이 금세 부풀어 올랐다. 나의 몸에서 옷으로 가려지지 않은 곳은 그 어느 곳도 성한 곳이 없었다.

엄마는 부들부들 떨면서 내 몸에서 불에 타다 남은 옷가지들을 떼어 내려고 방으로 가위를 가지러 갔다. 아버지도 혹시 타다 남은 불씨가 있을까봐 집안을 살필 때였다. 겁을 먹은 언니들이 나를 간신히 떼메 듯 업고 뒷간 뒤로 가서 울면서 말했다.

"석란아, 어떡하니? 석란아, 우리만 괜찮고 너는 이렇게 데었으니 어떡하니?"

두 언니가 엉엉 울며 발을 동동 굴렀다. 두 언니는 자기들이 잘못해서 그렇다고 나를 붙잡고 몸부림치며 울었다. 나는 너무 아파서 언니들의 말이 제대로 귀에 들어오지도 않았다.

잠시 후 엄마와 아버지가 내 이름을 부르며 찾는 소리가 들렸다. 나는 너무 아파서 여기 있다고 말할 수도 없었고, 부축을 받지 않으면 혼자 돌아갈 수도 없었다. 언니들은 혼이 날까봐 뒷간 뒤에 한동안 숨어 있었다.

식구들은 나를 찾느라 불이 났을 때보다 더 야단법석이었다. 엄마가 울부짖는 소리가 들렸다.

"아이구, 석란이가 너무 뜨거워 팔짝팔짝 뛰다가 마루 밑에 들어가서 죽었나 봐요. 아유, 석란아, 어디 있어? 석란아! 석란아!"

식구들이 등불을 들고 이리저리 살피며 나를 불렀다. 나는 기어서라도 가고 싶은데, 두 언니들은 겁을 먹고 벌벌 떨기만 했다. 한참만에 엄마가 나와 언니들을 발견하고 식구들을 불렀다.

아버지가 황급히 나를 안고 와서 방에 눕혔다. 엄마가 내 몸에 타서 눌어붙은 옷들을 뜯어내려 했지만, 어디서부터 손을 대야 할지 벌벌 떨기만 했다. 시커멓게 혹은 시뻘겋게 타버린 나는 정신이 온전하게 붙어 있는 게 기적이었다.

얼굴과 손 그리고 발등, 옷으로 덮여 있지 않았던 곳이 더 심하게 타버렸다. 얼굴도 아래턱과 입술, 왼쪽 귀까지 모두 불에 타서 녹아내려 형체를 알아볼 수 없었다. 엄마는 방안에 걸려 있던 아버지의 윗저고리를 내려서 불에 시뻘겋게 데어버린 나의 몸을 둘둘 감았다. 올케언니가 나를 업고 엄마는 등불을 밝혔다. 아버지는 이웃에 사는 동네 오빠를 부르러 가면서 올케언니에게 교대를 시키겠으니 어서 빨리 약방으로 먼저 가라고 말했다.

정식 약국도 아닌 약방은 팔봉면 사람들의 유일한 병원이자 약국이었다. 나무를 하다 손을 베어도 달려가는 곳이었고, 벌에 쏘여도, 뱀에 물려도, 그곳 밖에는 치료를 받을 곳이 없었다. 갑자기 위경련이 일어 네 방구석을 정신없이 길 때도 업고 달려가는 곳이 바로 그 약방이었다.

그러나 나처럼 심한 화상을 입은 경우는 약방 남자의 의술로는 위태롭기만 했다. 하지만 그곳 말고는 불덩이가 삼킨 나를 데리고 갈 곳이 없었다. 읍내까지 가는 것은 거리가 너무 멀었고, 차편도 없어서 가는 도중에 나의 생명이 위태로울 수도 있는 위급상황이었다.

호리에서 덕송리를 지나 팔봉면 소재지인 어송리까지 가는 길은 밤길이라 더 멀게 느껴졌다. 자가용은커녕 오토바이도 없던 시절. 오로지 걸어서만 다니던 시절이니 기동성이라곤 두 다리밖에 없었다.

올케언니는 아버지의 겉저고리로 둘둘 말아 마치 시체같은 나를 업고 허둥지둥 밤길을 걸었다. 나는 밤바람을 쏘이니 더 심한 고통이 느껴졌다. 올케언니의 등에서 간신히 죽을 것 같은 고통을 견디고 있는데 올케언니가 가끔 내 엉덩이를 꼬집었다. 나는 그때마다 몸을 힘껏 움츠리며 너무 아파서 소리도 제대로 내지 못했다. 올케언니는 여러 번 나를 꼬집어보곤 했다. 도대체 올케언니가 왜 자꾸 나를 꼬집는지 난 도저히 이해할 수가 없었다.

얼마 후 동네 오빠와 아버지가 뒤따라 와서 올케언니의 등에서 나를 내려 동네 오빠의 등에 업혔다. 나는 올케언니가 또 꼬집을까봐 조마조마했는데 동네 오빠의 등에 업히니 그나마 안심이 되었다.

나는 어디가 얼마나 데었는지 몸 전체가 화끈거려서 미칠 것 같았다. 마찰되는 곳마다 살을 도려내는 것처럼 아팠다. 아픈 사람을 업고 가는 일이 얼마나 어려운지 동네 오빠도 오래 못 버티고 또 아버지가 나를 업었다. 그렇게 몇 사람이 죽음을 코 앞에 둔 나를 교대로 업고 허둥지둥 약방까지 뛰었다. 밤길인데다가 내가 심하게 움직이면 너무 아파서 한밤중이 되어서야 어송리에 있는 약방에 닿을 수 있었다.

의원은 불빛을 밝혀 나의 몸을 살피며 고개를 절레절레 흔들었다. 어쩌다 이렇듯 심한 화상을 입었느냐며 어디서부터 손을 대야 할지 모르겠다고 한숨만 들이쉬고 내쉬었다. 나는 타들어 가는 듯한 아픔 때문에 정신을 차릴 수가 없었다.

의원은 우선 증류수를 나의 몸에 들이 부었다. 나는 팔짝팔짝 뛸 정도로 아파서 기절할 것 같았다. 차라리 기절이라도 해서 아픔을 느끼지 못했으면 싶기도 했다. 의원은 몇 시간을 끙끙대며 나의 몸에 눌어붙은 옷가지들을 핀셋으로 떼어냈다.

나는 정신이 말똥말똥한 게 원망스러웠다. 죽음같은 고통을 참을 수 없어 소리도 치고 몸부림도 쳤다. 의원은 나의 몸에 약을 바르고 미라처럼 온 몸에 붕대를 둘둘 감았다. 화상으로 형체를 잃은 입술과 턱으로 숨을 쉴 때마다 살을 도려내는 듯 아팠다. 왼손은 손가락 뼈마디가 다 녹아내려 손인지 손목인지 구분할 수도 없을 정도였다.

의원은 내 얼굴과 턱, 목과 귀 그리고 손까지 소독을 하고 약을 바르고 간신히 붕대로 감아주었다.

의원은 내가 감염이 되면 큰일이라며 집에 가서도 특별히 조심해야 한다고 단단히 일렀다. 내가 동네 오빠의 등에 업혀 의원 문을 나올 때였다. 나는 발이 너무 아파 견딜 수가 없었다. 몸은 붕대로 감아서 공기가 닿지 않으니 아픔이 좀 덜한 것 같았는데 밖에 나오자마자 발등이 떨어져 나가는 것처럼 아리고 쓰렸다. 내가 발을 가리키며 우니까 의원이 다시 나를 데리고 안으로 들어갔다. 나는 약방마루에 다시 누웠다. 의원은 나의 발을 보고 깜짝 놀랐다.

의원은 나의 화상이 너무 깊은 상체만 살피기에도 버거워 발까지 심하게 데인 줄은 미처 알지 못한 것이었다. 나는 나일론 양말을 신고 있었는데 나일론 양말이 녹으면서 나의 발에 눌어붙어 발도 화상이 얼마나 심한지 몰랐다. 의원은 내 발에도 소독을 하고 약을 바른 후 붕대를 감았다.

나는 미라처럼 온 몸을 붕대로 둘둘 감은 채 집으로 돌아왔다. 올케언니는 집에 와서야 나를 업고 약방으로 갈 때 왜 그렇게 꼬집었는지 말해주었다. 내가 얼마나 심하게 데었던지 올케언니가 보기에는 금방 죽을 것 같아 보였다고 했다. 그래서 나를 꼬집었을 때 내가 아프다고 신음소리를 내면 '아, 아직 살아있구나' 하고 조마조마하면서 발길을 재촉했다고 했다.

그날부터 온 집안은 초상집처럼 변했다. 이웃사람들도 걱정이 되어 나를 보러왔지만, 나는 눈을 뜨고 있어도, 눈을 감고 있어도, 한시도 잦아들지 않는 고통을 참아내기가 너무 힘들었다. 너무 아파서 울 수도 없었다. 몸은 불덩이처럼 펄펄 끓었다. 똑바로 누울 수도 없었고, 앉아 있을 수도 없었다. 목이 다 타서 턱과 목이 붙은 데다 입술도 타버려 음식도 제대로 씹을 수가 없었다. 물을 마셔도 입술이 온전치 않으니 그대로 흘러내렸다.

나는 며칠 동안 몸이 퉁퉁 부어올라 마치 커다란 고치가 누워

있는 것 같았다. 화기가 너무 심해 식구들이 돌아가며 나에게 부채질을 해 가며 밤을 꼬박꼬박 새웠다. 엄마는 내 곁에서 내가 고통스러워하는 걸 지켜보면서 엄마의 가슴이 타들어가는 것 같다고 말했다. 엄마와 올케언니는 불을 보면 무서워하는 나를 위해 밤에도 불을 켜지 않은 채 곁을 지켰다.

엄마는 날마다 화상에 좋다는 것은 무엇이든지 구해서 내 화상을 치료해 주셨다.

그때는 피부이식 수술이라는 말도 들어보지 못했을 때였다. 나는 너무 아파서 상처가 빨리 낫기만 바랐다. 제발 아프지만 않았으면, 물이라도 흘리지 않고 잘 마실 수 있었으면, 그 이상 바라는 게 없을 것 같았다. 화상으로 인한 후유증은 그때는 생각할 겨를도 없었다. 상처는 끔찍스러울 정도로 깊어서 내가 죽지 않고 살 수 있는지가 더 다급한 문제였다.

뚱뚱 부은 몸을 칭칭 감은 붕대 겉으로 항상 진물이 줄줄 흘렀다. 맘대로 움직이지 못하고 누워만 있는 데다 상처가 깊어서 화상을 입지 않은 부분까지 욕창이 생기기 시작했다. 손가락까지 거의 타버린 왼손은 낫기는커녕 점점 더 깊게 곪아서 며칠에 한 번씩 의원이 찾아와 살펴주었지만, 의원은 그때마다 고개를 갸웃거렸다. 지금처럼 좋은 약도 없던 시대라서 며칠에 한 번씩 오는 의원이 유일하게 의지가 되었지만 소독을 하고 붕대를 바꿔주는 일 외엔 아무것도 기대할 수가 없었다.

나에게 긴 고통을 참아내는 유일한 힘은 즐거웠던 학교생활을 떠올리며 어서 나아서 다시 학교에 다닐 수 있는 날만 기다리는 것이었다.

그림 같은
학교 길

 팔봉초등학교는 양길리에 있었다. 학교 앞으로는 우뚝 솟은 팔봉산이 학교를 굽어보고 있고, 학교 뒤에는 방천내가 황곡에서부터 흘러온 물을 바다로 흘려보냈다. 팔봉산이 있어 학교 이름도 팔봉초등학교였고, 고을 이름도 팔봉면이었다.

 팔봉초등학교에 다니는 아이들은 아무리 멀어도 모두 걸어다녔다. 교통수단이 없었기 때문이었다. 북쪽으로 지곡면과 대산면의 경계인 흑석리와 대황리에 사는 아이들이 방천내를 건너 걸어다녔고, 학교의 동쪽으로는 금학리와 양길리에 사는 아이들이, 역시 십리가 넘는 신작로 길로 걸어서 다녔다.

 학교의 남쪽으로는 어송리가 있었는데, 어송리는 팔봉면의 면소재지였다. 3구까지 있는 어송리에서 1구에 사는 아이들만 팔봉초등학교에 다녔고, 2구와 3구에 사는 아이들은 팔봉초등학교의 분교인 고성초등학교로 다녔다.

학교의 서쪽이 바로 내가 사는 호리였다. 호리는 덕송리를 지나 바로 바닷가에 붙어있는 마을이었다.

우리 집에서 학교까지는 십 리가 좀 더 되었다. 차가 다니지 않는 길, 겨우 소달구지나 다니는 너른 길엔 길 가운데에 바지랑 풀도 돋아 있고, 가장 자리엔 바랭이 풀줄기들이 뻗어나와 있는 한가롭기 그지없는 길이었다.

차가 다니지 않으니 교통사고가 날 리도 없었고, 매연도 없는 길. 그 길은 온전히 걸어다니는 사람들의 전용 길이었다. 일주일에 한 번씩 요일을 정해서 읍내에서 말이 끄는 마차가 오기도 했는데, 그 마차는 동네마다 있는 가게에 담배를 배달하는 마차였다.

학교에 오가는 길에 마차를 만나면 아이들은 뚜벅뚜벅 징을 박은 말밥굽 소리를 들으며 덩달아 신이 났다. 맘씨 좋은 마부를 만나면 아이들을 마차에 태워주기도 해서 마차가 담배를 싣고 오는 날이면 아이들은 신바람이 났다.

일주일에 한번 보는 마차보다 소가 끄는 소달구지는 자주 만났다. 소달구지는 읍내로 나뭇짐을 팔러 가거나, 추수철이 되면 볏단을 실어 날랐다. 아이들과 소는 일종의 품앗이를 할 때도 있었다. 소달구지가 언덕을 올라갈 때면, 아이들은 뒤에서 달구지를 밀어주고, 고갯길에 닿으면 너나할 것 없이 약속이라도 한듯 소달구지에 올라타고 신나게 노래를 부르며 고갯길을 내려가곤 했다.

나는 친구들과 함께 그토록 평화롭고 아기자기한 학교 길을, 아침엔 물안개와 함께 걸었고, 학교가 끝나고 집으로 돌아올 때는, 봄에는 보리밭 사이를 포롱포롱 날아다니는 종달새의 노래를 들으며 걸었고, 가을이면 논에서 두 팔을 벌리고 있는 허수아비의 배웅을 받으며 걸어다녔다.

가을 길은 길 양 옆에 무리지어 피어있는 코스모스가 한들한들 손을 흔들어 주었다. 가을하늘은 코스모스가 있어서 더 파랗게 보이는 것 같았다. 청자빛 파란 하늘은 금방이라도 푸른 물감을 뚝뚝 떨어뜨릴 것 같았다.

코스모스가 막 피기 시작할 무렵엔 덜 핀 코스모스 꽃봉오리로 친구들과 장난을 쳐가며 걸었다. 아직 피지 않은 코스모스 봉오리를 손가락 끝으로 살며시 잡고 친구의 볼에 대고 톡 톡 터뜨리면, 물총을 쏘듯 꽃봉오리에 맺힌 향긋한 물이 뺨으로 튀었다. 꽃봉오리 속에 들어있는 물이라 친구들은 꽃물총을 맞으면서도 기분이 좋았다. 친구들은 피하기는커녕 서로 서로 뺨을 내밀며 코스모스 꽃물총을 쏘아달라고 졸라댔다.

양길리 고갯길을 막 넘어서면 가장 먼저 바닷바람이 이마에 송글송글 맺힌 땀을 식혀 주었다. 바다에서 불어오는 바람은 보통 바람보다도 더 시원했다.

무두리 언덕길을 내려오면 골짜기를 따라 다랑논들이 제법 넓게 펼쳐져 있었다. 논둑길을 따라 바람을 가르며 달려갈 땐 단발머리도 나풀나풀 춤을 추고, 허리에 맨 책보에서는 연필과 지우개들이 딸랑딸랑 장단을 맞추며 재주를 넘었다.

십 리가 넘는 통학 길은 아침에 등굣길보다 집에 가는 하교 길이 훨씬 더 재미있었다. 다리가 아프면 길가에 앉아 공기도 하고, 심심하면 가위 바위 보를 하며 발자국 떼기 놀이도 하며 걸었다. 그러다 소달구지를 만나면 달구지에 올라타 넓은 길이 끝날 때까지 가기도 했다.

잘 익은 벼들이 황금벌판을 이룰 즈음이면 무두리의 논에는 허수아비가 세워졌다. 밀짚모자를 쓴 할아버지도 있고, 아주머니처럼 흰 수건을 동여맨 허수아비도 있고, 때로는 얼굴이 없고 두 팔만 쩍 벌린 허수아비도 세워준 대로 벼들 사이에 서서 참새를 쫓고 있었다.

벼를 베고 나면 허수아비들은 텅 빈 논두렁에 벌러덩 누워서 하늘만 보는 것 같았다. 겨울을 나기 위해 북쪽에서 날아온 기러기들이 빈 논에서, 떨어진 나락을 찾아 분주하게 부리를 주억거리다 재잘재잘 떠드는 아이들을 보면 하늘로 높이 날아올랐다.

무두리의 길이 끝나고 호리로 접어드는 길에 들어설 무렵이면, 인천에서 손님을 태우고 구도 포구로 들어오는 은하호의 뱃고동이 뿌우 뿌우 길게 울렸다.

뱃고동 소리에 응답이라도 하듯 서산에서 봉고차 비슷한 합승이 신작로에 뽀얀 먼지를 일으키며 구도 포구로 달려갔다. 개구쟁이 남자 애들은 합승 뒤를 쫓아가며 코를 킁킁거렸다. 방구를 뀌듯 합승에서 내뿜는 하얀 연기를 좋아하는 애들이었다.

무두리 길은 구도 포구와 서산읍내를 잇는 신작로와 만나 삼거리를 이루었다.

우리 집은 그 삼거리에서 형제봉 쪽으로 이어지는 샛길로 또 한참을 걸어야했다.

형제봉 아래에는 저수지가 있어서 덕송리 일대의 논들을 풍성하게 적셔주었다. 저수지 물가에는 마름나무가 물에 떠 있어서 학교에서 돌아오는 길에 마름을 따서 까먹기도 했다. 까만 세모꼴로 생긴 마름은 맛보다 신기하게 생긴 모양 때문에 더 호기심을 끌었다. 양쪽으로 뾰족한 뿔까지 달린 마름은 박쥐같기도 하고, 세모꼴 비행접시 같기도 했다. 마름을 까면 그 속에 하얀 속살이 들어있었다.

한발만 잘못 디디면 물 속에 곤두박질 칠 수도 있는데 위험한 것도 모르고, 아이들은 여름엔 산딸기를 따느라 저수지 산자락을 오르고, 가을엔 물 속을 뒤지며 마름을 따느라 옷을 적시곤 했다.

봄에는 저수지 물가에서 남자애들은 물수제비도 뜨고, 여자애들은 물가에 피어있는 들꽃들을 꺾어 모으기도 했다. 봄이면 진달래가 산자락에 불붙은 듯 흐드러지고, 가을이면 하얗게 핀 억새가 너울거리고, 길가에 핀 노란 들국화도 가을 향기를 듬뿍 뿜어내는 아름다운 길이었다.

색색의 단풍 옷으로 갈아입은 산자락의 나무들은, 파란 하늘과 파란 호수와 어울려 아이들 가슴에도 빨갛게 노랗게 가을 물을 들였다.

봄동산은 분홍과 초록의 향연이라면, 가을 산은 빨강과 노랑과 주황의 향연이었다. 산길을 걷다보면 잘익은 씨앗과 자잘한 과육에서 풍겨오는 가을 향기가 나의 코끝에 풍요로운 맛으로 물씬 풍겨주었다.

아이들은 누가 더 빨갛게 물든 단풍을 찾는지 내기도 했다. 선홍색으로 물든 단풍잎은 책갈피에 넣어 말리면 친구들에게 줄 크리스마스카드를 만들 때, 멋진 장식품이 되고도 남았다.

나는 3학년 때까지 학교에서는 모범생이었다. 학교 길은 십 리가 넘었지만 지루하거나 멀다고 생각한 적이 없었다. 호리에서도 우리 집은 중간쯤이었다. 바닷가 끝에 있는 범호리에 사는 애들보다는 훨씬 가까웠지만, 열 살짜리 여자애가 날마다 아침저녁으로 걸어다니기에는 꽤 먼 거리였다.

내가 사는 돌목재에서 작은 고개를 넘으면 중말이었는데 인애가 사는 동네였다. 나는 인애와 같은 반이어서 학교 길에는 늘 인애와 함께 다녔다. 이웃에 친척인 영희가 살았는데 영희는 나와 반이 달라서 인애와 더 잘 어울렸다.

우리 집은 남부럽지 않은 다복한 살림이었다. 해마다 가을이면 식구들이 먹고 남을 만큼 벼를 수확하는 논이 있었고, 추수를 하고 나면 뒤주에는 노란 벼가 가득 가득 찼다. 콩이나 팥, 수수와 야채를 심는 밭도 꽤 넉넉한 편이었다.

내 위로 오빠와 언니들이 있었고 내 밑으로 동생도 둘이나 있어서 8남매가 사는 집안에서는 언제나 웃음소리가 끊이지 않았다. 나는 노래도 잘하고 얼굴도 예뻤고, 공부도 잘해서 형제들 중에서 더 귀여움을 받으며 자랐다.

열 살 밖에 안 된 나의 해맑은 삶을 한순간에 고통의 수렁으로 곤두박질치게 한 불. 불은 인간이 발견한 최고의 도구였지만, 불로 인한 나의 상처는 너무나 엄청난 불행을 가져왔다.

가을
운동회

　나의 마지막 운동회 날은 하늘도 더 높고 더 푸르렀다. 초등학교 운동회는 팔봉초등학교의 잔치이자 팔봉면 사람들의 축제의 날이었다. 운동장에는 만국기가 펄럭이고, 넓은 운동장에는 각종 프로그램에 따라 하얀 선들이, 이리저리 그어졌다가 다시 지우고 또 그려지기를 반복했다.

　서산 인근에 사는 잡상인들은 산골아이들 눈에 신기한 장난감들을 자전거나 수레에 싣고, 아침 일찍부터 운동장 가에 모여 알맞은 자리를 잡았다. 운동회는 잡상인들에게도 아이들을 상대로 돈을 벌 수 있는 기회의 날이었고, 아이들은 아이들대로 군것질이나 장난감을 손쉽게 마련할 수 있는 날이었다.

　학생들은 청군과 백군으로 나뉘어 운동장 한편에 마련된 대기석에서 응원가를 부르고, 박수를 치고, 나팔을 불고, 북을 두드리며 자기 팀을 응원했다. 대기석 앞에 높이 매단 점수판에는 앞으로 벌어질 경기의 결과를 기다리고 있었다.

모든 경기에서 이기는 사람이 청군이냐 백군이냐에 따라 점수가 올라가고 내려갔다. 응원도 점수의 중요한 부분이어서 응원단은 수시로 깃발을 흔들고 함성을 세게 유도했다.

운동회가 열리는 날은 학생들의 부모님은 물론, 할머니 할아버지, 삼촌, 고모 어린 애기들까지 다 모였고, 학생이 없는 이웃집의 아저씨 아주머니까지 남녀노소 모두 학교에 모여 함께 즐겼다. 팔봉면에 사는 사람들은 운동회 날에 멀리 사는 친지들과 인사도 나누고, 음식도 나누어 먹으며 즐겼다. 운동회가 열리는 날은 그래서 마을축제를 겸하는 날이기도 했다.

운동회는 보통 추석이 지난 후에 열리는데 먹거리가 풍성해서 집집마다 밤도 삶아오고, 감이나 대추도 가져오고, 고구마도 삶아오고 송편도 쪄왔다. 그래서 운동회가 열리는 날은 운동장 주변이 푸짐한 먹거리 장터처럼 왁자지껄했다. 어린아이들은 신기한 장난감을 사달라고 조르고, 어른들도 그날만은 아이들에게 인심을 후하게 썼다. 여기저기서 장난감 나팔과 풍선을 뻑뻑 뻑뻑 불어대며 어린아이들도 즐겁게 하루를 즐겼고, 어른들은 막걸리 잔을 기울이며 불콰해진 얼굴로 담소를 나누었다.

운동회가 열리는 날은 어른들도 각 동네별로 달리기 시합을 했다. 네 명씩 조를 짜서 각각 동네대항 릴레이를 할 때는, 운동장에 모인 사람들이 자기 동네 선수를 응원하느라 함성이 얼마나 큰지 학교는 물론, 팔봉산의 지축까지 뒤흔드는 것 같았다.

어른들은 또 마라톤도 했는데 점심 후에 출발한 선수들이 운동회가 끝날 무렵 운동장으로 들어오면 모두 함성과 박수로 마라톤 선수들을 환영해서 영웅이 된 것 같았다.

오후가 되면 5, 6학년 남학생들은 기마전을, 여학생들은 고전무용을 했다. 할머니와 아주머니들은 고전무용을 가장 좋아했다. 족두리를 쓰고 한복을 곱게 입은 5, 6학년 언니들은 한층 더 성숙해 보였다.

나는 1, 2학년 때 운동회에서는 청백 릴레이와 오재미 던지기를 했었다. 공중에 높이 매단 바구니에 아이들은 신나게 오재미를 던졌다. 그러다 어느 순간 바구니가 터지면 그 안에서 오색색종이와 커다란 글씨가 씌어진 리본이 나왔다.

3학년 때는 무용을 했다. 3학년 여학생들 전체가 하는 무용인데 초가을부터 무용을 연습했다. 하얀 티셔츠에 하늘색 소창지로 된 주름치마를 입고 양손에는 태극기를 단 막대를 들고 율동을 하는 무용이었다.

나는 그때 그 무용이 내가 그 넓은 운동장에서 마지막으로 하는 무용이 될 줄은 꿈에도 생각지 못했다. 그래서 그런지 나는 그때의 기억이 너무나 생생하게 남아 있다.

3학년 여자애들의 무용시간이 다가오기 시작했다. 대기석에서 네 줄로 서서 선생님의 구호에 맞춰 양손을 허리에 얹고 제자리걸음을 할 때부터 나는 한 마리 나비가 된 기분이었다. 스피커에서 음악이 흘러나왔다. 모두 음악에 맞춰 운동장으로 입장을 할 때 나의 발걸음은 하늘을 나는 기분이었다.

나가자 동무들아

어깨를 걸고

시내 건너 재를 넘어

들과 산으로

산들 산들 가을바람

시원하구나

랄라 랄라 씩씩하게

줄맞춰 가자.

계속 이어지는 노래에 맞춰 운동장 한가운데로 들어가 원을 그렸다가, 두 줄, 네 줄, 여섯 줄, 여덟 줄을 만들며, 앞으로 좁히고, 뒤로 넓게 퍼져나갔다가, 운동장 한가운데로 모여들어 우리나라 지도를 만들었다. 양손에 든 태극기를 신나게 흔들 땐 내가 한 송이 무궁화 꽃이 된 기분이었다. 응원석에서 한참 동안 박수가 터져나왔다.

무용을 마치고 대기석으로 돌아왔을 때 엄마가 나를 꼭 안아주었다. 아버지도 내가 제일 예뻤다고 칭찬해 주었다.

5, 6학년 언니들이 고전무용을 할 때는 나도 얼른 커서 언니들

처럼 한복을 곱게 차려입고 춤을 추고 싶었다. 운동장을 가득 메운 언니들이 족두리를 쓰고 한복을 입고 두 팔로 하얀 한삼자락을 펄럭일 때면, 어른들도 저절로 어깨를 들썩거렸다.

어른들의 꽃이 동네별로 하는 릴레이 시합이라면 학생들의 휘날리는 청백 릴레이 달리기였다. 청군과 백군의 점수판이 아무리 차이가 많이 나도 청백 릴레이에서 이기는 팀이 전체 점수를 뒤집을 수 있기 때문이었다. 그만큼 청백 릴레이 점수가 가장 높았다.

나는 3학년 백군팀의 릴레이 선수였다. 모든 경기가 끝나고 마지막 릴레이만 남았을 때, 나의 가슴은 콩닥콩닥 뛰었다. 아무리 빨리 달려도 바통을 제대로 받지 못해 떨어뜨리면 크나큰 낭패였다.

드디어 청백 릴레이 경주가 시작되었다. 1,2학년 동생들은 청군이 이겼다. 이제 3학년 바로 내가 뛸 차례였다. 나는 키가 큰 편이어서 3학년 선수 중에서 세 번째로 뛰게 되었다. 계속해서 청군이 이기고 있었다. 나는 바통을 받자마자 죽을 힘을 다해 달렸다. 몸이 가볍고 다리까지 길어서 날렵한 나는 앞서가는 청군 선수와의 거리를 점점 좁힐 수 있었다. 응원석 앞을 달릴 때는 우렁찬 박수와 함성 소리에 귀가 찢어질 것 같았다. 드디어 결승선에 닿을 무렵 내가 청군선수를 앞질렀다. 또다시 백군의 응원 함성소리와 북소리가 운동장을 떠나갈 듯 울렸다.

그 후부터 계속해서 백군이 앞서 나갔다. 6학년 마지막 선수가 청군을 멀찌감치 뒤에 두고 여유있게 이겨서 릴레이 경주 결과는 백군이 이겼다. 백군 팀들이 나를 에워싸고 잘했다고 칭찬을 해주었다.

운동회가 끝나면 누가 청군이었고, 누가 백군이었는지 까마득하게 잊어버리는데 운동회 날만은 두 팀이 서로 적군과 아군처럼 온 힘을 다해 서로 이기려했다.

나는 4학년 때도, 5학년 때도, 그리고 6학년 때까지 줄곧 청백릴레이 선수가 되리라는 걸 그때는 조금도 의심하지 않았다.

그러나 누가 상상이나 했을까. 내가 초등학교를 졸업할 때까지 운동회 날은 고사하고 체육시간마저 운동장에서 맘대로 뛰어놀 수 없게 될 줄을. 3학년 때의 운동회가 내가 온전한 몸으로 즐겼던 마지막 운동회가 될 줄을, 누가 감히 상상이나 했을까.

나의 운동회는 그때가 마지막이었다. 그 후 나는 운동장에서 맘껏 달려볼 수도, 아름다운 옷을 입고 무용을 할 수도 없었다. 누가 살짝만 건드려도 금세 움츠리는 달팽이처럼 나만의 공간에 나를 숨겨야 했다.

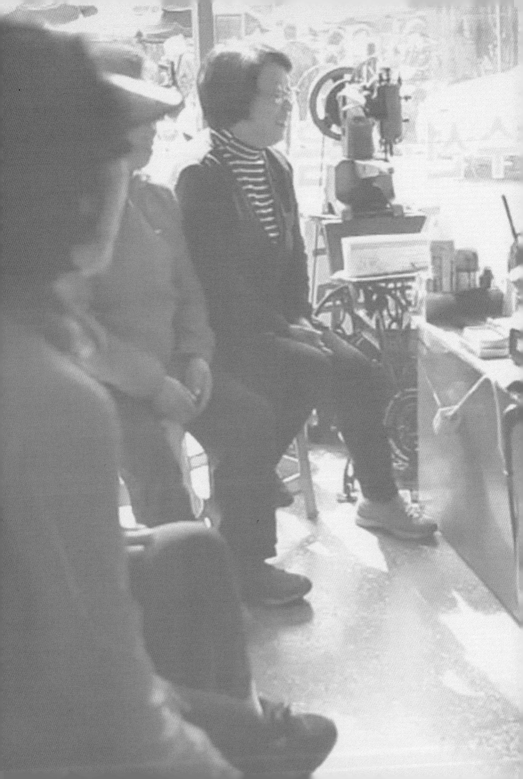

방천내
목욕탕

두 손을 맞잡을 수 있는 행복은, 두 손이 말짱한 사람들은 느끼지 못한다. 두 손바닥을 마주하고 짝짝짝 손뼉을 칠 수 있는 사람들은, 온전한 두 손의 고마움을 생각하지 않아도 된다.

발도 마찬가지이다. 맨발을 남들 앞에 맘대로 내놓고 물장구를 치고 발장난을 할 수 있으면, 온전한 발에 대해 감사하기가 힘들다.

나는 화상을 입은 후 가고 싶은 곳이 많이 있었다. 방천내도 그 중의 하나였다. 친구들과 맘대로 물장구를 치던 곳, 양손으로 번갈아 손등의 때를 박박 문대던 그곳, 겨우내 때가 새까맣게 끼어 까마귀 발이 되었다 해도, 끔찍한 흉터가 없이 건강한 살결이었던 그때가 얼마나 그리운지 몰랐다.

방천내는 팔봉산의 북쪽 기슭에서 내려오는 물줄기가 모여 금학리 골짜기를 따라 다랑논을 적시면서 빗돌머리 자갈밭을 거쳐, 황골 골짜기에서 내려오는 물길과 만나 더 넓은 내를 이루어 서해로 흘러드는 물길이었다.

민물과 바닷물이 만나니 겨울에도 미지근해서 김이 모락모락 피어나 마치 목욕탕 같았다. 들물이 들면 바닷물이 대황리 황골 입구까지 들이밀고 올라갔다. 그래서 방천내에는 바다와 경계를 이루는 생물들이 많이 살았다. 논둑길에는 게들이 기어다닐 때도 있었고, 들물에는 숭어가 들어오기도 했다.

새학기가 시작되면 그 방천내에서 물장난을 쳐대는 시간이 있었다. 바로 체육시간이었다.

매년 학기초 3월, 봄 햇살이 따뜻하게 내리쬐는 체육시간이 되면 선생님들은 자기반 학생들을 데리고 학교 아래 논둑길을 지나 방천내로 향했다. 아이들을 방천에 데려가서 물이 찰방찰방 발목쯤 차는 너른 모래사장에 풀어놓았다. 냇물은 멀리서 보면 아지랑이처럼 김이 가물가물 올라왔다. 그래서 오히려 물 속이 춥지 않고 따뜻했다.

아이들은 물에서 퐁당거리며 고기도 잡고 예쁜 자갈돌도 주웠다. 고운 모래를 토닥거리며 두꺼비 집도 만들고, 짓궂은 아이들은 맘에 드는 여자애들에게 물장구를 치고 도망치며 놀았다.

나에게 물을 끼얹는 애들은 더 많았다. 남자 아이들은 마음에 드는 예쁘장한 여자애가 있으면, 괴롭히거나 장난을 쳐대는 게 관심의 표시였다. 어떤 애는 나에게 물고기를 잡아주기도 했다. 생고무로 된 타이아표 까만 고무신은 훌륭한 어항이 되어 주었다.

장난꾸러기 아이들이 물을 한바탕 휘젓고 나면, 겨우내 한 번도 닦지 않아 새까맣게 더께가 앉은 묵은 때가 물에 불었다. 겨우내 쩍쩍 갈라졌다 아물었다를 반복해서 거칠어진 손등에 낀 때도 알맞게 불어서 때를 닦아내기에 좋았다.

선생님은 이때다 싶으면 호루라기를 불고 아이들에게 말했다.

"지금부터 20분 시간을 주겠다. 모두 불은 때를 벗기고 선생님 앞으로 와서 검사를 맡은 학생은 교실로 가도록 한다."

아이들은 선생님의 말이 끝나자마자 납작하고 매끈매끈한 돌을 집어 들고 열심히 때를 밀었다. 손등에서도 시커먼 때들이 돌돌 말려 떨어졌고, 발등에서도 겨우내 묵었던 때들이 줄줄 밀렸다. 고운 모래로는 이를 닦았다. 희고 고운 모래는 자연산 치약인 셈이었다. 그래도 이가 아프거나 시리지 않았다.

아이들은 때를 다 벗겨냈다 싶으면 선생님 앞으로 가서 두 손을 내밀었다. 선생님은 가는 회초리를 들고 손등과 발등을 검사해서 아직 때가 덜 벗겨진 아이는 다시 물가로 보내고, 손발이 깨끗해진 아이들은 교실로 보냈다.

방천에서 때를 씻고 온 날은 교실 안에 있는 어항에도 고기들이 풍성했다. 피라미, 게아재비, 방개도 있고 어떤 아이는 물풀도 어항에 넣어주었다.

　나는 화상을 입은 후에 손은 물론 발등까지 화상의 상처가 심해서, 그 후로는 돌로 때를 닦기는커녕 피부가 얇아져서 살짝만 건드려도 피가 나고 아팠다. 그럴 때마다 건강한 피부를 돌로 문지르며 때를 벗겼던 방천내가 얼마나 그리운지 몰랐다.
　어디 그리운 것들이 방천내 뿐이었으랴.
　팔봉산으로 갔던 봄소풍도 그리웠고, 가을소풍을 갔던 비견대도 그리웠다.
　팔봉산에 오르면 서산 일대가 한눈에 들어왔다. 서해의 가로림만은 들쭉날쭉한 해안선마다 바닷물이 푸르게 들어차고, 그 사이사이로 길게 뻗어 나온 육지의 끝자락들이 얼마나 아름다운지 몰랐다.
　팔봉산 작은 절 뒤쪽에는 병풍같은 절벽바위 아래 아주 큰 동굴이 있었다. 봄소풍을 갔을 때 절벽바위 밑으로 새끼줄을 쳐놓고 밀집방석으로 굴 입구를 가려놓았었다. 호랑이가 새끼를 낳았다고 절에서는 그 쪽으로 아이들이 얼씬도 못하게 했다. 정말 호랑이가 새끼를 낳았는지 볼 수는 없었지만, 팔봉산이 서산에서도 높고 큰 산이어서 아이들은 호랑이가 나올까봐 마음을 졸이며 보물찾기도 했다.
　봄이면 밤길에 호랑이를 만났다는 사람들의 이야기도 심심치 않게 들렸으니, 팔봉산에서 호랑이가 살고 있었는지도 몰랐지만 나는 호랑이를 본 적은 없다.

진달래가 활짝 필 때면 아이들은 호랑이보다 용천백이를 더 무서워했다. 용천백이는 문둥병환자를 이르는 말이었는데 어린 애들의 간을 빼먹으면 깨끗이 낫는다고 했다. 그래서 진달래가 필 무렵이면 등하교 길의 아이들은 절대로 혼자서 가지 않고, 같은 동네 사는 아이들과 모여서 다녔다.

그런데 내가 화상을 입고 학교에 나타났을 때 아이들은 나를 호랑이라고 놀리고, 어떤 아이들은 용천백이라고 놀려댔다.

나는 화상을 입은 후로 목과 아래턱이 완전히 붙어버려서 눈을 들어 먼 경치조차 볼 수 없었다. 걸을 때도 고개를 들 수 없어 땅만 보고 걸어야 했으니, 소풍가서 보았던 그토록 아름다운 봄 가을의 절경을 다시는 볼 수 없었다.

동요대회
하루 전날

나의 운명을 바꿔놓은 날, 나는 몇 시간 후에 닥칠 엄청난 불행이 닥쳐올 줄도 모르고, 바로 이튿날 열릴 동요대회에 나가기 위해 행복하게 노래연습을 했다. 각 학년 별로 전교생이 동요대회를 열게 되었다. 나는 노래를 잘 했고 목소리도 예뻐서 학급대표로 대회에 나가기로 되어 있었다.

동요대회는 운동회가 끝나고 난 다음이었는데, 3학년을 마치기 전에 치루는 가장 큰 행사였다. 나는 날마다 학교가 끝나면 동요대회에서 부를 노래를 연습했다. 음악시간엔 선생님이 나를 불러내 아이들 앞에서 노래를 부르라고 했다. 그날 음악시간에도 나는 아이들 앞에서 구슬처럼 영롱한 목소리로 노래를 불렀다.

송알송알 싸리잎에 은구슬

조롱조롱 거미줄에 옥구슬

대롱대롱 풀잎마다 총총

방긋 웃는 꽃잎마다 송송송

고이고이 오색실에 꿰어서

달빛 새는 창문가에 두라고

포슬포슬 구슬비는 종일

예쁜 구슬 맺히면서 솔솔솔

　나는 노래를 부를 때마다 노랫말을 상상하며 불렀다. 싸리잎
에 맺힌 이슬은 정말 은구슬 같았고, 거미줄에 맺힌 이슬은 아침
햇살을 받으면 옥구슬처럼 빛났다. 풀잎에 맺힌 이슬은 총총총
소리를 내는 것 같았고, 꽃잎에 맺힌 이슬은 송송송 노래를 부르
는 것처럼 느껴졌다.

　노래를 부를 때 입술이 얼마나 중요한 역할을 하는지 그때는
알지 못했다. 노랫말을 발음할 때 고른 이가 있어야 가능하다는
것도 화상을 입기 전에는 생각조차 하지 못했고 생각할 필요도
없었다.

　나는 음악시간에 아이들 앞에서 노래를 부른 것처럼, 학교가
끝나고 집에 가는 길에서도 동요대회에서 부를 노래를 신나게
연습하며 걸었다. 얼른 집에 돌아가서 식구들 앞에서 노래를 부

르고 싶었다. 이웃에 사는 영희와 등 너머에 사는 인애와 함께 토끼처럼 집으로 발길을 떼었다.

우리 집에서는 그날 일꾼을 들여 지붕에 얹을 이엉을 엮고 있었다. 너른 마당에는 하루 종일 엮어 놓은 이엉들을 동그랗게 말아 세워놓아서, 마치 인디언초막처럼 보였다.

벼는 버릴 게 하나도 없었다. 쌀은 밥이 되었고, 짚은 땔감이나 소 사료로도 쓰이고, 겨우내 따뜻하게 살 수 있는 새지붕도 만들어 주었다. 회색으로 변색된 초가지붕은 몇 년에 한 번씩 낡은 이엉을 걷어내고, 볏짚으로 엮은 새 이엉으로 옷을 갈아입었다. 새 이엉으로 지붕을 단장하면 노란 초가집은 더 없이 아늑해 보였다.

나는 책보를 내려놓고 언니들과 함께 마당에 가득한 이엉 사이를 넘나들며 숨바꼭질을 했다. 아버지는 이엉을 엮으면서도 내가 잘 숨을 수 있게 가려주었다. 내가 술래가 되었을 때는 언니들 몰래 눈짓으로 언니들이 숨어 있는 곳을 가르쳐 주기도 했다.

어느새 해가 고파도 앞 바다 속으로 슬며시 가라앉으며 빨간 노을을 하늘 가득 펼치기 시작했다. 아버지는 일꾼들과 함께 이엉을 다 엮고, 지붕 가운데 얹을 용두레까지 다 엮은 다음, 우물가로 가서 덤불을 털어내고 몸을 씻었다. 엄마는 텃밭에서 푸른 살을 반쯤 드러낸 무를 뽑아 시원한 무국을 끓이느라 부엌에서 분주하게 오갔다.

대청마루에 일꾼들의 밥상이 차려졌다. 나는 엄마를 도와 물 심부름도 하고 반찬도 날랐다. 일꾼들이 어린 내가 심부름을 거 드는 걸 보고 칭찬을 하자, 아버지는 기분이 좋아 내 자랑을 했 다. 예쁘고 노래도 잘하고 공부도 잘한다며 나를 바라만 봐도 사 는 맛이 난다고 했다.

나는 학교에서는 선생님에게 칭찬을 듣고, 집에서는 아버지에 게 칭찬을 들어서 그날따라 너무 기분이 좋았다.

그날 저녁은 밥도 반찬도 꿀맛이었다. 망둥어 조림도 맛있고, 무국도 맛있고, 알맞게 익은 꽃게장은 너무 맛이 있어서 밥도둑 이라고 할만큼 맛있었다. 약이 덜 오른 고추에 밀가루를 발라서 살짝 쪄내 무친 고추무침도, 살짝 데쳐 무쳐낸 가지무침도, 내 입에 딱 맞았다.

바닷가에 살아서 조개나 굴은 마음만 먹으면 금세 캘 수 있었 다. 큰 바다가 아니라서 자잘한 생선들이 늘 밥상에 올라왔지만, 육지와 맞닿은 서해 연안의 해산물들은 다른 지방에서 나는 해 산물보다 훨씬 맛이 진했다. 그만큼 유기질이 풍성한 바다였다.

드디어 일꾼들이 식사를 끝내고 집으로 돌아가고 난 후, 엄마 는 부엌에서 설거지를 하고 아버지는 사랑방에서 라디오를 듣고 계셨다.

나는 바로 위에 언니와 함께 방으로 들어갔다. 공부를 하려고 등잔에 불을 붙였다. 처음부터 불꽃이 시원치 않더니 얼마 후부 터 불꽃이 점점 작아지다가 금세 꺼질듯 가물거렸다. 등잔에 석유가 없다는 신호였다. 엄마도 설거지를 끝내고 아버지가 계시는 사랑에서 쉬고 있었다. 아버지나 엄마를 부를 수도 있었지만, 하루 종일 일을 하셔서 피곤하실 것 같았다.

언니가 석유가 가득 든 유리댓병을 가져와 등잔에 석유를 따르기로 했다. 나는 가물거리는 등잔 심지를 들고 언니가 석유를 등잔에 잘 따를 수 있도록 비추고 있었다. 나는 언니가 잘 보이게 불을 가까이 밝혀주고 싶어 불이 붙은 등잔 심지를 석유병 가까이 댔다. 그 순간에 나의 운명이 상상도 할 수 없는 낭떠러지로 곤두박질쳤다.

제 **2** 장

그래도 왼손은 나의 힘

나의 뭉그러진 왼손은
나의 고단한 삶에서 지렛대가 되었다.

제발, 왼손을
자르지 마세요

　내가 화상을 입고 누워 있을 때였다. 한밤중에 누군가 대문을 탕탕탕 두드렸다. 아버지가 나가서 문을 여니 군대에 갔던 나의 오빠였다. 오빠는 결혼을 한 후 군대에 가 있었다.

　오빠는 나의 소식을 듣고 특별휴가를 내서 한달음에 달려온 것이었다. 오빠는 꼼짝도 못하고 누워있는 나를 보자마자 하늘이 무너지듯 울었다. 눈만 내놓고 온 몸이 붕대로 감겨있는 나를 보며 네가 그토록 예쁘고 귀여웠던 내 동생 석란이가 맞느냐고 몸부림치며 안타까워했다. 나는 울부짖는 오빠를 보며 내 자신이 얼마나 끔찍한 모습인지 어렴풋이 느낄 수 있었다.

　그러나 나는 내 모습이 어떻게 변했는지 생각할 겨를이 없었다. 너무 아파서 얼른 내 몸이 나아서 제발 끔찍한 고통을 느끼지 않기만을 바랐다. 입술이 온전치 않아 밥알을 흘리더라도, 잇몸이 온전치 않아 음식을 제대로 씹을 수 없을지라도, 손가락이 일그러지고 뒤틀리고 흉측하더라도, 제발 아프지 않다면 더 바랄 게 없을 것 같았다.

내가 화상을 입고 학교에 가지 못하니 어느 날 담임선생님과 친구들이 나를 찾아 문병을 왔다. 엄마와 아버지는 내가 누워있는 방에서 고약한 냄새를 빼내느라 사방 문을 열어놓고 부채질로 환기를 시켰다.

나는 고통 중에도 선생님과 친구들이 여간 반갑지 않았다. 그러나 나는 인사도 제대로 할 수 없었다. 입술과 혀를 제대로 움직일 수 없으니 말이 되지 못했다. 선생님과 친구들은 나를 보며 얼마나 큰 충격을 받았는지 말문을 열지 못하고 그저 바라보기만 했다. 나는 누워서 선생님과 친구들이 시선을 마주하는 일 외엔 아무것도 할 수 없었다. 손을 잡을 수도, 웃을 수도, 찾아줘서 고맙다는 인사도 할 수 없었다. 친구들은 내가 너무 끔찍한 모습이어서 그런지 나와 눈을 맞추려고 하지 않았다. 나는 친구들의 모습과 표정들을 살피면서 내가 어떤 모습일까 궁금하기도 했다.

선생님은 같은 반 친구들이 써준 편지를 두고 갔다. 친구들이 쓴 삐뚤빼뚤한 편지마다 어서 나아서 학교에서 다시 만나자는 내용이었다. 나는 친구들의 편지를 읽으며 고통을 참을 수 있었고 용기를 가질 수 있었다.

엄마는 나에게 거울을 보여주지 않았다. 화상의 상처 때문에 고통스런 내가 마음의 상처까지 느낄까봐 엄마는 다 나으면 얼굴도 예뻐질 거라고만 했다.

나의 상처는 낫는 듯 하면 또 다른 곳이 곪아 터지고 마음대로 몸을 움직이지 못하니 혈액순환이 잘 되지 않아 욕창이 생기기 일쑤였다. 가장 심하게 데인 부분이 목과 얼굴이라서 누워 있어도 머리를 맘대로 움직일 수 없었다. 움직이기는커녕 한 자세로 너무 오래 누워있어서 머리에도 욕창이 생겼다. 머리에 생긴 욕창도 얼마나 아픈지 제대로 베개를 벨 수가 없었다. 엄마는 욕창 부분이 닿지 않게 동그랗게 구멍이 뚫린 도넛베개를 만들어 주었다.

1960년대 초반 충청도 서산 해안마을에서 소독이나 감염이라는 단어조차 생소했다. 지금처럼 아프면 병원으로 달려가는 것은 상상할 수조차 없던 시절이었다. 나는 겨우 정식 의사도 아닌 약방 의원의 왕진을 받았는데, 그것도 보통의 가정에서는 엄두를 못낼 일이기도 했다.

지금처럼 자가용이라도 있으면 수시로 약방에라도 찾아가 소독을 하고 약을 발랐겠지만, 제대로 움직일 수도 없는 나를 약방까지 데리고 오갈 수 있는 교통수단이 없었다.

나는 하루하루 생명이 붙어 있는 게 기적이라고 했다. 상처는 나을 줄을 모르고 공기가 닿아도 쓰리고 아파서 견딜 수가 없었다. 그래도 상처를 드러내놓고 있을 수가 없었다. 더구나 초겨울에 화상을 입어서 그 해 겨울이 가장 힘들었다. 난방도 제대로 되지 않는 시골집이라서 찬바람만 들어와도 상처가 얼어서 낫지 않을까봐 여간 걱정이 아니었다. 온 몸을 미라처럼 붕대를 감고 있었지만, 상처가 조금씩 아물면서 나오는 고름과 진물은 냄새가 얼마나 지독한지 몰랐다. 그래도 식구들은 내 앞에서는 절대로 불쾌한 표정을 내색하지 않았다.

날마다 답답하고, 쓰리고, 아픈 상처가 아물기 시작하면서부터는 가렵기도 했다. 내가 그 고통을 참아낼 수 있었던 힘은 엄마와 올케언니의 지극한 간호 덕분이었다.

엄마는 화상에 좋다는 방법은 무엇이든 가리지 않고 해주었다. 그러나 나의 긴 고통은 시간과의 싸움이었다. 소독을 제대로 할 수 없는 상황이라서 2차 감염으로 생기는 상처도 고통스러웠다. 머리에 생긴 욕창은 얼마나 심했던지 모든 상처가 다 아문 후에도 그 자리에서 머리카락이 나지 않았다.

겨울이 가고 봄이 되었지만 나에게는 혹독한 고통의 겨울이 계속되었다. 산과 들에 개나리와 진달래가 지천으로 피었어도 나에겐 아무 의미가 없었다. 상처는 계속해서 고름이 고였다. 상처에 생긴 염증으로 수시로 펄펄 끓는 몸을 식히느라 문을 열어 놓으면 나는 스치는 바람결에도 너무 아파 고통을 참을 수가 없었다.

여름이 가장 견디기 힘들었다. 상처가 아물고 다시 덧나기를 반복하면서 방안에서 나는 지독한 냄새는 집안까지 쉬파리를 끌어들였다. 맘대로 움직일 수 없는 나는 옆에서 누군가 파리를 쫓아주지 않으면 금세 곪은 상처에 알을 까서 구더기가 생겼다. 엄마는 할 수 없이 모기장을 나의 키에 맞춰 아기들의 모기장처럼 만들어 나를 쉬파리로부터 지켜주었다.

현대의학의 수준이었다면 몇 달 후면 회복되어 새살이 나왔을 나의 상처들은 주기적으로 재감염이 되어 다시 곪고, 또 새살이 나오기까지 죽음의 고비를 몇 번이나 넘겼는지 이루 헤아릴 수가 없었다. 더구나 화상으로 거의 뭉그러진 왼손의 상처가 새살을 내밀지 못하고 자꾸만 깊게 패이며 곪기를 반복했다.

어느 날 나를 찾아온 의원이 나의 왼손을 살피더니 심각하게 고개를 저었다.

"이 손은 아무래도 손목만 남기고 자르는 게 나을 거 같아요. 상처가 너무 깊어서 이대로 뒀다간 몸 전체에 균이 퍼져 패혈증이 올 수도 있어요. 내 생각으로는 손을 자르면 회복이 빨리 될 것 같아요."

나는 너무 아파서 비몽사몽이었는데 의원의 말에 깜짝 놀랐다. 나는 그 순간 하늘이 무너지는 것 같았다. 손마디가 다 허물어져 손가락이 제대로 없었지만 그래도 손을 자른다고 하니 얼마나 겁이 나는지 온 몸이 덜덜 떨렸다.

나는 그날부터 제발 왼손을 자르지 말라고 애원하며 울었다. 결국 의원도 자르지 않을 테니 그대로 최선을 다해 치료해 보자고 했다.

나는 그제야 마음이 놓였다. 손가락도 제대로 붙어 있지 않은 왼손. 손마디가 다 뭉그러져 오히려 보는 사람이 끔찍할지도 모르는 왼손이었다.

손가락은 이미 다 없어졌고, 손가락뼈들도 다 녹아버렸는데, 꼬챙이 같은 엄지손가락의 뼈가 아주 조금 붙어있고 나머지 손가락은 제멋대로 생긴 바윗돌처럼 보였다. 울퉁불퉁하게 볼썽사나운 왼손을, 어쩌면 깨끗하게 잘라버리는 게 더 나을지도 몰랐다.

의원도 손의 모양을 보고 결정을 내린 게 아니었다. 화상의 상처가 너무 깊어서 손가락뼈가 자꾸만 곪으니 그 화농균이 몸 안으로 퍼져 패혈증이 오면 손도 못쓰고 순식간에 생명이 위독하다고 했다. 내가 열만 나면 패혈증이 될까봐 식구들도 초긴장을 할 때였다.

나는 온 몸에서 나는 고약한 냄새를 맡지 못했지만, 다른 사람들은 내가 누워있는 방에 들어올 때마다 코를 막거나 숨을 참는 걸 알 수 있었다.

나는 손목을 자르자고 했을 때 어떤 암시를 받았던 것일까. 훗날 꼬챙이 끝 같은 그 엄지가 나의 삶에서 중요한 한 몫을 하게 되리란 걸 어찌 알고 그토록 울면서 손을 자르지 말아달라고 몸부림쳤던 것일까. 뭉그러진 손마디들이 울퉁불퉁해서 보는 이들에게 오히려 혐오감을 줄 수도 있는 왼손이었지만 내가 지금 그

왼손이 얼마나 소중하게 쓰이고 있는지를 생각하면 나는 그때 나의 운명을 예감했는지도 몰랐다. 그것은 하나님만이 알 수 있는 일이었다.

그리운 학교에
다시 갔지만

    화상을 입은 후 두 번의 설을 맞았지만 나는 여전히 누워서 지내야 했다. 나는 친구들이 고사리 손으로 쓴 깨알같은 편지들을 읽으며 반드시 빨리 나아서 다시 학교에 갈 날만 손꼽아 기다렸다.

    어두운 동굴 속에서 고통의 나날을 보내는 동안 여름이, 가을이 겨울이 또 지나갔다. 나는 마음속으로 들국화가 피어 있던 산길을 걷기도 하고, 진달래가 활짝 핀 산자락을 오르내리기도 했다. 형제봉 저수지 길을 걸으며 파릇파릇하게 고개를 내민 쑥향기도 맡고, 무두리 논둑길에 노랗게 웃고 있는 민들레도, 민들레처럼 샛노란 노랑나비를 따라 추억여행을 하며 고통의 순간들을 잊었다.

드디어 진달래가 다시 피는 봄이 왔을 때 지긋지긋하게 반복되던 염증이 어느 정도 나아서 새살이 돋기 시작했다. 미라처럼 칭칭 감았던 붕대도 풀었다. 며칠 후부터는 식구들의 부축을 받아 마루에 나와 앉아 봄햇살을 쪼일 수 있었다.

어느 날, 밖에 나갔던 엄마가 진달래꽃을 한 다발 꺾어와 나에게 내밀며 말했다.

"석란아, 그동안 너무 고생했지? 자, 축하한다. 석란아."

엄마의 눈에 감격의 눈물이 번지고 있었다. 나는 세상을 다 얻은 것처럼 너무 기뻐서 엄마를 끌어안았다. 기쁨의 눈물이 비오듯 쏟아졌다. 나는 엄마가 안겨 준 진달래 꽃다발을 안고 오랜만에 자연 바람을 한껏 들이마셨다. 처음으로 상처들이 다 아물어서 시리거나 쓰리지 않은 온전한 호흡이었다.

그제야 죽음과 함께 했던 긴 터널에서 완전히 벗어난 셈이었다. 긴 세월 동안, 엄마는 나의 머리맡에서 함께 울고 함께 아파하며 나와 함께 고통을 고스란히 겪어낸 것이었다.

나의 몸에서 상처가 다 아문 것을 확인한 엄마는 가만히 있을 수가 없었던 것이었다. 그래서 엄마는 그 기쁜 마음에 앞산 자락에 가서 가장 곱고 예쁘게 핀 진달래를 꺾어 꽃다발을 만들어서 나의 품에 안겨준 것이었다.

엄마에게서 진달래 꽃다발을 받은 그 날, 나는 새로 태어난 것 같았다. 엄마는 나의 얼굴을 두 손으로 어루만지며 죽음보다 더 깊은 고통들을 잘 참아냈으니 이제 잘 살아보자며 눈물을 흘렸다. 형체도 없이 녹아내린 입술과 턱, 그리고 한쪽 귀도 다 타버려서 얼굴은 만신창이가 되었지만 살아난 것만으로도 기적이라며 식구들 모두 좋아했다.

"이제 다시 학교에 가자. 학교에 가고 싶다고 노래를 불렀지?"

나는 엄마의 말에 너무나 기뻤다.

"엄마, 학교에 언제 갈 수 있어? 내일 당장이라도 가고 싶은데."

나는 하루라도 빨리 학교에 가고 싶었다. 엄마는 내가 들릴 듯 말듯 깊은 한숨을 내쉰 후에 조용히 말했다.

"그동안 네가 아픈 중에도 책도 읽고 공부를 열심히 했으니 전에 다니던 반으로 돌아가게 해달라고 해야지. 아버지가 오늘 학교에 가셨단다. 좋은 소식을 가지고 돌아오실 거야."

나는 가슴이 두근두근했다. 드디어 다시 학교에 갈 수 있다니 꿈만 같았다. 봄이면 벚꽃이 운동장 가에 흐드러지게 피던 학교. 그네도 그 자리에 그대로 있을까. 고무줄놀이를 하며 뛰어놀던 운동장도 그대로 일까. 교무실 앞 화단에는 목련과 상사화가 벌써 꽃잎을 터뜨렸을 것 같았다.

'학교에 가면 예전처럼 노래를 부를 수 있을까. 예전처럼 또랑또랑한 목소리로 국어책을 읽을 수 있을까. 친구들은 나를 반겨줄까. 나와 함께 놀아주고 전처럼 내 손을 잡아 줄까.'

나는 문득 왼손을 바라보았다. 희고 붉고 검은 화상의 흔적들만 있으면 다행이었다. 손가락이 없는 손. 손가락뼈들이 뒤틀리고 허물어져 울퉁불퉁하게 변해버린 손. 예전에 예뻤던 모습은 그 어디에서도 찾을 수 없었다. 그 손을 친구들 앞에 어떻게 내민단 말인가. 나는 다시 방으로 들어와 거울을 보았다. 거울 속에 보기에도 끔찍한 얼굴이 나를 바라보았다. 앞니 두 개가 토끼처럼 드러나 있고 입술은 아래로 뒤집힌 채, 턱은 목과 붙어버려 너무나 끔찍했다. 얼굴 근육들은 서로 잡아당겨 툭툭 불거져나와 있고, 색깔도 얼룩얼룩했다.

나는 끝을 알 수 없는 낭떠러지로 곤두박질치는 기분이었다. 아프지만 않았으면 아무래도 좋다고 수없이 되뇌던 순간들이 허망하게 떠올랐다. 이런 모습으로 변할 줄 상상이나 했을까. 나는 힘없이 거울을 내려놓았다. 등 뒤에서 나를 바라보던 엄마가 나를 와락 끌어안았다.

"석란아, 살아난 것만으로도 감사하며 살자. 죽지 않은 것만도 어디니? 죽음이 늘 네 곁에 있었는데……."

엄마는 목이 메어 말을 맺지 못했다. 나는 어린 마음에도 엄마를 슬프게 해서는 안 된다는 생각이 들었다. 엄마 앞에서 눈물을 보이지 말자. 나는 고통을 참아내면서 어느새 애어른이 되었을까. 나는 울음을 속으로 삼키는 법을 터득해가고 있었다. 나는 절대로 엄마 앞에서는 울지 않으리라 다짐했다.

내가 화상을 입기 전에 함께 했던 친구들이 있는 반으로 다시 다닐 수 있게 해달라고 부탁하러 가신 아버지는 기분이 좋아서 돌아오셨다. 내가 어려서부터 영특하고 한글도 다 깨우쳐서 예전에 다녔던 반에 그대로 다녀도 좋다는 허락을 받았다고 했다.

나는 그날부터 다시 학교에 갈 날만 손꼽아 기다렸다. 기운이 없던 몸도 조금씩 새로운 힘으로 채워졌다.

처음에는 마당에 나와 아기처럼 아장아장 걸음마를 하며 다리 힘을 길렀다. 그때까지 완전히 낫지 않은 왼손은 밑으로 내리면 너무 아파서 항상 올리고 있어야 했다. 엄마는 그림을 그리는 화판에 줄을 매어 나의 목에 걸고 왼손을 화판 위에 얹은 채 걷기 연습을 시켰다. 처음엔 엄마의 부축을 받았지만 날마다 연습하는 동안 혼자서도 걸을 수 있게 되었다. 조금씩 힘이 생기자 엄마가 일하는 밭에도 가보고, 논두렁 밭두렁도 걸어보았다. 다음엔 학교로 가는 골목까지 갔다가 돌아오기를 수없이 반복했다.

그러나 아이들이 학교에 가는 시간과 학교에서 돌아오는 시간엔 밖에 나가지 않고 집에만 있었다. 나는 친구들에게 흉한 얼굴을 보이는 게 겁이 났다. 그래서 아이들이 모두 학교에 가고 난 다음에야 조금씩 조금씩 거리를 늘리며 걷는 연습을 했다.

나는 하루라도 빨리 학교에 가고 싶었지만 가슴은 초조함과 설레임으로 하루에도 수없이 낭떠러지를 오르내렸다. 선생님과 친구들을 만날 생각을 하면 한없이 가슴이 부풀다가도, 흉하게 변한 얼굴과 손을 생각하면 다시 낭떠러지로 곤두박질치기를 반복했다.

그런 중에도 기쁜 것은 다시 공부를 할 수 있다는 사실이었다. 내가 좋아하는 노래도 더 배우고 싶었다. 투병기간 동안 언니들의 책을 통해 배움의 끈을 놓지 않은 자신이 자랑스럽기도 했다.

친구들은 어떻게 변했을까. 담임선생님은 어떤 분일까. 나는 줄곧 3반이었는데 예전 친구들은 모두 그대로일까. 나는 하루하루가 왜 그토록 더디게 가는지 답답하기만 했다. 나는 마치 입학식을 기다리는 예비학생 같았다.

나는 결국 신학기까지 기다리지 않고 학기 중간에 자신이 다니던 반으로 복귀하기로 했다.

드디어 엄마와 함께 학교에 가는 날, 나는 너무 기뻐서 밥도 먹히지 않았다. 엄마는 하얀 장갑을 만들어 왼손에 끼워주었다. 입을 가릴 수 있도록 마스크를 하고 싶었지만 한쪽 귀가 다 타버려서 마스크도 걸 수 없었다.

무두리 고개를 넘으니 그토록 그리웠던 학교가 보였다. 나는 걸음이 더 빨라졌다. 엄마는 내가 서둘러 걷다가 넘어질까봐 걱정했다. 드디어 교문에 들어섰다. 넓은 운동장, 교무실 옆의 교사들, 느티나무들이 예전 그대로 서 있었다.

아이들의
놀림감이 되어

　교무실에서 절차를 마치고 드디어 친구들을 만나는 순간이었
다. 3학년 때 나의 담임을 맡았던 선생님은 다른 학교로 전근을
가셨다고 했다. 내가 들어갈 반은 그 시간에 운동장에서 수업을
하고 있었다. 백엽상 옆의 큰 느티나무 아래였는데, 내가 나타나
자 아이들이 일제히 나를 쳐다보았다.

　나는 아이들의 표정을 보자 가슴이 철렁 내려앉았다. 아이들
의 입이 한순간 벌어져 다물 줄을 몰랐다. 어떤 아이는 괴상한
신음소리까지 내었다. 나는 가슴이 얼어붙는 기분이었다.

　선생님이 아이들에게 내가 아파서 오랫동안 결석을 했다고 말
해주면서 지금도 완전히 회복되지 않았으니, 나를 항상 보호해
줘야 한다고 말했다. 나는 교실로 들어가서도 흘끔거리는 아이

들의 눈길을 피할 수가 없었다. 죽음을 넘나들었던 긴 투병기간 동안 그렇게도 그리웠던 학교가 나를 사정없이 얼음판으로 밀어 내는 것 같았다. 그토록 그리웠던 친구들조차 내가 가까이 다가 갈까 봐 슬금슬금 피했다. 마치 나와 마주치면 더러운 오물이라 도 묻을 것처럼 자기들끼리 수군거리며 나를 따돌렸다.

나는 이제 다시는 옛날로 돌아갈 수 없다는 걸 뼈저리게 느껴 야 했다. 그동안 상처만 나으면 옛날로 돌아가 재밌게 공부하고 노래도 부를 것 같은 희망은, 깜깜한 절망으로 변해 그날의 불길 처럼 나를 또 다른 고통으로 휘감았다.

싸늘한 질시의 눈길만이면 괜찮았다. 친구들은 나를 찍소리 못하는 장난감이나 괴물처럼 대했다. 친구들의 차가운 시선과 따돌림은 투병할 때 이상으로 나를 힘들게 했다.

개구쟁이 남자애들은 기다란 나뭇가지로 나를 찌르고, 어떤 아이들은 선생님이 없을 때 내가 더럽다고 침도 뱉었다.

나는 아이들이 무섭기 시작했다. 아이들은 그토록 보고 싶던 친 구들이 아니라 모두 나를 괴롭히는 무서운 존재가 되어 있었다.

내가 교실에서 움직이면 아이들은 나를 놀리기 위해 기다렸 다는 듯 나의 뒤를 따라다니며 놀렸다. 수돗가에 가면 수돗가로 아이들이 구름처럼 모여들었고, 운동장에 가면 뛰어놀던 아이 들이 금세 나를 에워쌌다. 나는 아이들을 피해 커다란 느티나무 아래서 혼자 아이들이 노는 모습을 지켜보면서도 가슴을 졸여 야 했다.

아이들은 별명도 어디서 그렇게 많이 만들어 내는지 나를 용천백이, 문둥이, 호랑이, 사자, 도깨비, 귀신, 악마, 괴물, 생전 보도 듣도 못한 괴상한 별명으로 불렀다.

나는 학교에 오가는 길이 더 무서웠다. 아이들은 어른들의 눈길 밖에 있을 때마다 나를 쥐새끼나 혐오스러운 뱀을 대하듯 했다. 찌르고, 때리고, 툭툭 쳐보고 돌을 던질 때마다 나는 독안에 든 쥐처럼 모든 놀림과 학대를 고스란히 받아낼 수밖에 없었다.

나에게는 단 한명의 친구도 없었다. 친구들에게 다가가고 싶어도 아무도 받아주지 않았다. 나는 학교에 있을 때도 쉬는 시간이 싫었다. 의자에서 일어나면 아이들이 벌떼처럼 달려들어 나를 괴롭혔다. 나는 오줌이 마려워도 화장실에 가기가 겁이 났다. 어떤 아이가 또 괴물이라고 놀릴지, 어떤 아이가 용천백이가 나타났다고 소리를 칠지, 어떤 아이가 돌을 던질지 모든 애들이 무섭기만 했다.

나의 눈은 눈물이 마를 날이 없었다. 아이들이 놀릴 땐 속상해서 울고, 때리고 찌를 땐 아파서 울고, 혼자 있을 땐 다시는 예전으로 돌아갈 수 없다는 절망감에 울었다.

그토록 가고 싶었던 학교가 가기 싫었다. 아침에 눈을 뜨면 오늘은 아이들의 놀림을 어떻게 피해야 하나 걱정부터 앞섰다. 나는 학교에 갈 때도 빨리 갈 수 있는 지름길을 피해, 아이들이 잘 다니지 않는 외진 길로 다녔다. 그 길에서 짓궂은 아이를 만나면 더 무서웠다. 나는 아이들과 마주치는 게 겁이 나서 다른 애들보다 더 일찍 집을 나서곤 했다. 학교 길에서 아이들을 만나면 얼른 숨었다가 아이들이 다 지나간 다음에 갈 때도 있었다. 지각을 해서 선생님에게 혼나는 편이, 아이들의 놀림을 받는 것보다 훨씬 덜 고통스러웠다.

나는 집에 돌아가서 괴롭힘을 당한 사실을 엄마에게 말하지 않았다. 엄마가 속상해 하는 모습을 보는 건 더 슬프고 괴로웠다.

나는 아무도 없을 때 거울을 보면서 놀리는 아이들에 대한 원망을 스스로 달랬다. 나 자신이 보기에도 거울에 비친 모습은 끔찍하고 무서웠다. 내가 나를 보아도 끔찍하고 무서운데 친구들 눈에 괴물로 보이는 것은 당연하다고 마음을 달래면서도 놀리는 친구들이 원망스러웠다.

나는 왼손에 항상 장갑을 끼고 다녔고, 오른손으로는 항상 입을 가리고 다녔다.

나는 학교도 그만두고 아무도 마주치고 싶지 않았지만, 부모님을 생각하면 그럴 수가 없었다. 아이들이 놀리면 놀릴수록 공부에 전념했다. 선생님은 내가 열심히 공부를 한다고 칭찬했지만, 나는 공부 이외에는 아무것도 할 수가 없었다. 체육시간에도 선생님은 내가 다칠까봐 운동장 구석에서 쉬고 있으라고 했다. 나는 맘껏 뛰노는 아이들이 얼마나 부러운지 몰랐다.

특히 가을 운동회 날이 되면 내 처지가 얼마나 처량한지 몰랐다. 나는 운동장 한 구석에서 눈물을 흘리며 운동장에서 맘껏 뛰노는 아이들을 바라보았다. 나도 화상을 입기 전에는 노래도 잘

하고 무용도 잘했는데, 그 시절이 다시 올 수 없다 생각하니 눈물이 그치지 않았다.

운동회의 절정인 청백 릴레이를 할 때는 학생과 학부모들이 모두 일어나 함성을 지르며 박수를 쳐댔다. 그러나 나는 박수를 칠 수도 없었다. 나도 화상을 입지 않았더라면 분명히 청백 릴레이 선수로 뛰었을 텐데, 나는 사람들이 모이면 모일수록, 사람들이 즐거우면 즐거울수록, 더 깊은 슬픔의 나락으로 떨어질 수밖에 없었다.

제 3 장

나 살아야 하나

아이들의 놀림 때문에 중학교 진학을 포기한 나는
그래도 살아갈 방법을 찾아야 했다.

기술
배우기

졸업장을 받긴 했지만 나에게 졸업장은 또 다른 슬픔이었다. 중학교에 들어가고 싶었지만 또 낯선 사람들 틈에 끼어 놀림감이 될까봐 너무 무서워서 결국 진학을 포기했다.

중학교에 가려면 시험을 봐서 합격해야 가능했지만 열심히 공부를 했으니 시험에 떨어질 것 같지는 않았다. 그러나 읍내에 있는 학교에 들어가면 멀어서 집에서 다닐 수가 없었다. 중학생들은 대부분 읍내에서 자취를 하다가 주말이 되면 집에 돌아오곤 했다. 몸이 불편한 나에게 자취란 더더욱 불가능한 일이었다.

나는 안타깝게도 초등학교 졸업으로 학교생활을 모두 마칠 수밖에 없었다. 그 후 나는 중학교에 다니는 친구들이 얼마나 부러운지 몰랐다. 풀을 빳빳하게 먹인 하얀 칼라가 달린 교복을 꿈에서라도 입어보고 싶었다. 어쩌다 중학교에 다니는 친구가 보이면 나는 대문 뒤에 숨어서 친구의 뒷모습이 까마득히 멀어질 때까지 바라보곤 했다. 그럴 때마다 나의 두 눈엔 늘 눈물이 흥건하게 고였다. 하지만 나는 저절로 나오는 눈물조차도 식구들이 볼까봐 맘대로 흘릴 수가 없었다.

초등학교를 졸업하고 난 후 나는 한동안 마음을 잡을 수가 없었다. 아무것도 할 일이 없다는 것 또한 나의 존재감을 바닥으로 끌어내렸다. 어떤 날은 그토록 괴롭힘을 당하며 다녔던 학교생활이 그리울 때도 있었다.

나는 결혼을 하고 아이를 낳고 키울 때까지 교복을 입어보지 못한 것이 얼마나 한이 되었는지, 딸 미화가 중학생이 되었을 때 마치 내 자신이 교복을 입는 것처럼 가슴이 설레였다. 나는 미화의 교복을 날마다 다려서 입혀 보냈다. 칼라도 빳빳하게 풀을 먹여 세상에서 가장 예쁜 교복으로 보이도록 정성을 다했다. 딸 미화는 엄마의 속내를 알지 못하고, 어떤 날은 엄마가 유난스레 옷에 신경을 써서 지각을 하겠다고 걱정을 하기도 했다. 나는 자신이 입어보지 못한 교복의 한을 딸을 통해 달래는 게 미안하기도 했지만, 나에게는 미화도, 미화의 교복도, 보통사람이 생각하는 것과는 하늘과 땅만큼 큰 차이였다.

내가 중학교에 가고 싶어도 갈 수 없어 중학교에 가는 친구를 몰래 숨어서 바라보는 걸 엄마는 아셨던 것 같았다. 어느 날 언니들이 학교에 가고 나 혼자 있을 때 엄마가 나를 불러 앉히고 입을 열었다.

"양장기술을 배워보자. 마음을 붙잡을 일이 필요해. 엄마와 함께 읍내에 있는 양재학원에 가 보자."

엄마는 오랫동안 생각한 것 같았다. 나는 엄마의 말에 좋다 싫다를 할 수 없었다. 엄마 말대로 나도 뭔가 할 일이 필요했다.

며칠 후 엄마를 따라 읍내에 있는 양재학원에 등록을 했다. 그날 엄마는 나를 데리고 한의원으로 갔다. 그곳에서 내가 앞으로 양재를 배우려면 기운이 있어야 한다고 약을 지어주었다. 엄마는 지극정성으로 약을 달여서 나에게 먹였다. 나는 낯선 사람들 앞에 또 자신의 모습을 드러낸다는 게 괴로웠지만 엄마를 위해서라도 꼭 참아야 했다.

양재학원에 등록을 하고 이론을 배울 때는 그런 대로 견뎌낼 수 있었다. 그러나 옷본을 만들고 재단을 공부할 때부터 나는 왼손의 장애를 버겁게 느끼기 시작했다. 두 손으로 재단을 해도 제대로 되지 않는데 한 손으로 옷본을 그리고 재단을 하고 재봉을 하는 일이 결코 쉽지 않았다. 더구나 양재는 재단에서 1밀리만 어긋나도 옷이 이상하고 뒤틀리게 마련이었다. 나는 그래도 참고 이겨내 보려 노력했지만, 나를 가르치는 선생도, 함께 배우는 학생들도 나를 탐탁지 않게 생각했다.

양재는 머리만 가지고 되는 일이 아니었다. 가장 중요한 게 재단과 재봉이었는데 나는 시작부터 벽에 부딪힌 기분이었다. 결국 나는 두 달도 못 버티고 양재학원을 그만두었다. 엄마는 내가 할 수 있는 다른 일을 알아보았다.

엄마는 며칠 후 나에게 편물기술을 배워보자고 했다. 편물은 특별한 재단이 필요치 않았다. 머리로 코 수를 계산해서 기계로 짜내면 되었다. 양재보다는 훨씬 쉬운 기술이었다. 그 무렵 한창 편물이 유행하던 때였다. 내가 기술을 배우기 시작할 무렵에 엄마는 편물기계부터 들여놓아주었다.

나는 남들보다 더 열심히 노력해서 편물기술을 마칠 수 있었다. 엄마는 동네사람들에게서 주문을 받아주었다.

내가 사는 동네에서 두 사람이 편물을 배웠는데 내 솜씨가 뛰어난 편이었다. 그래서 주문도 많이 들어왔다.

나는 편물을 하면서 왼손을 자르지 않은 것이 얼마나 다행인지 실감할 수 있었다. 비록 형태만 겨우 남은 손가락 마디였지만 편물을 짤 때 그 손가락이 없었으면 실을 걸을 곳이 없어서 불가능했다.

동네 사람들은 내가 편물기계로 옷을 짜는 것을 보고 왼손에 남은 작은 손가락 마디의 쓰임에 대해 감탄을 금치 않았다.

편물기계를 이용해서 스웨터와 조끼도 만들었고, 티셔츠도 만들었다. 나이 드신 어른들은 털실로 된 속바지와 속치마도 만들어 달라고 주문을 했다. 왼손은 부자유스러웠지만 내가 짠 옷들은 맵시가 나고 올이 톡톡해서 일을 맡긴 사람들은 더 많은 사람들을 소개해 주었다.

편물기계로 옷을 짜는 일은 신기하기도 했다. 무늬를 넣기도 하고 새로운 모양의 스웨터를 만드는 일이 재미도 있었다.

무엇인가 집중할 일이 있다는 것은 우울한 생각을 덜어내고 점점 여유도 생겼다. 처음에는 너무 일에 몰두해서 힘이 들었는데 어느 날부터 편물기계와 나는 하나가 되어 일을 즐길 수 있게 되었다.

앉아만 있어서 가끔은 운동으로 산책이 필요했다. 나는 그때마다 바다에 나가 굴도 따고 게도 잡았다.

바닷물이 빠진 갯벌엔 생명의 향연으로 분주했다. 갯벌에 사는 많은 게들은 물이 빠지면 구멍에서 나와 갯벌을 고르며 열심히 먹이를 찾았다. 그러다 인기척이 나면 위험을 느끼고 순식간에 구멍으로 사라졌다. 나는 게들을 바라보면서 미물들도 저토록 치열하게 살고 있다는 걸 새삼 느끼곤 했다.

밀물이 들어오기 시작하면 갈매기들도 분주히 날았다. 고기잡이를 나갔던 배들이 하나 둘 포구로 들어올 무렵엔, 갈매기들이 뱃전을 따라 날아오르며 서로 서로 먹이를 두고 경쟁을 벌였다.

바닷물이 백사장까지 들어차기 시작하면 멀리 고파도 앞으로 하얀 연기를 내뿜으며 은하호가 뱃고동을 울리며 들어왔다. 구도 포구에 배가 들어온다는 사실을 알리는 신호였다. 내 언니들도 인천에서 살고 있어서 부모님과 언니들은 자주 은하호를 타고 다녔지만 나는 한 번도 타보지 못한 배였다.

가로림만의 푸른 물결을 가르고 하얀 색의 은하호가 햇볕을 받아 빤짝거리며 들어오는 것을 보면 그야말로 한 폭의 멋진 그림이었다. 은하호와 칠복호 두 대의 증기선이 인천과 구도를 하루에 한 번씩 오가는 덕으로 팔봉사람들은 그 배편으로 인천에 자주 오갔고, 취직이 되어 떠나는 사람들이 많았다. 그 덕에 인천에는 팔봉사람들이 많다고도 했다.

나는 은하호를 볼 때마다 아무도 나를 알아보지 못하는 미지의 섬으로 가고 싶은 충동을 느끼기도 했다. 부모님의 짐이 되지 않고 사람들의 동정어린 시선도 느끼지 않고 살아갈 수 있는 곳이 이 세상에 존재할까. 만약 그런 곳이 있다면 서슴없이 떠나고 싶었다. 그러나 그것은 헛된 망상이었다.

나는 밀물이 모래사장을 차르륵 차르륵 핥을 때까지 바닷가에서 거닐다가 집으로 돌아오곤 했다. 바다는 나의 친구처럼 너른 품으로 나의 마음을 달래 주었다.

갈등의
시작

편물은 한창 유행의 바람이 불었다가 금세 시들해졌다. 유행이 바뀌어 간편하고 따뜻하고 실용적인 옷감들에게 편물이 밀려난 것이었다.

나는 다시 할 일이 없어져 뭘 할지 고민되었다. 그 무렵 읍내에 눈썹공장이 생겼다. 나도 눈썹공장에 다니고 싶었지만 여러 사람과 마주칠 일이 두려웠다. 물론 아이들이 아니니 대놓고 나를 놀려대거나 괴롭히지는 않겠지만, 내 자신이 여러 사람에게 혐오감을 주지 않을까 고민이 되었다. 그렇다고 언제까지나 집안에서만 살 수는 없는 일이었다.

'그래, 부딪혀보는 거야. 양재학원에도 다녔는데 뭐. 하지만 내 모습을 보고 과연 받아줄까.'

나는 일단 부딪혀 보기로 했다. 마음을 정하고 눈썹공장에 찾아갔다. 머리카락을 달비라는 코바늘로 가느다란 줄에 묶는 일이었는데 그리 어렵지는 않았다. 이미 편물을 짜면서 왼손의 기능을 최대치로 써왔기 때문에 나도 충분히 할 수 있는 일이었다.

나는 이튿날부터 출퇴근을 시작했다. 그 무렵 읍내에서 구도까지 버스가 다니기 시작했기 때문에 집에서 다닐 수 있어서 좋았다. 뭔가를 할 수 있다는 자신감도 나에게는 아주 중요했다. 비록 장애를 입은 손이었지만 내가 엮은 눈썹은 오히려 다른 사람의 솜씨보다도 꼼꼼하고 맵시가 났다.

그러는 사이 어느새 나도 스무 살을 넘기고 있었다. 얼마 후 이웃에 사는 영희가 맞선을 본다는 말도 들렸다. 그 해 가을 이웃동네 친구가 시집을 간다는 말도 들렸다.

나는 그런 말을 들으면 초조하고 불안했다. 여자로 태어나서 결혼을 하고 아이를 낳아 엄마가 되는 길을 자주 생각하게 되었다. 나도 시집을 갈 수 있을까. 나는 스스로 고개를 저었다. 어느 남자가 나의 끔찍한 얼굴을 매일 마주하고 싶겠는가. 나를 반길 남자는 이 세상에 존재하지 않을 것 같았다. 나는 생각을 하지 않으려고 해도 문득 문득 나도 여자라는 사실, 어느새 혼기가 차고 있다는 사실을 인식하는 것이 괴롭기 시작했다.

어느 날이었다. 눈썹공장에서 일을 마치고 집에 가려고 버스를 탔다. 우리 집은 버스 종점인 구도에서도 20여 분쯤 걸어가야 했다. 그 날은 우리 동네로 가는 사람이 한 명도 없었다. 나는 어두워지기 전에 집에 가려고 걸음을 재촉했다. 얼마 후 낯선 청년 세 명이 내 뒤를 따라오는 것 같았다. 그들도 버스에서 내린 것 같았다. 나는 그 청년들이 신경이 쓰여 걸음을 더 재촉했다. 청년들이 말소리가 점점 가까워지는 걸 느낄 수 있었다. 외진 길이라 나와 청년들 말고는 아무도 지나치는 사람이 없어서 더 불안했다.

굽이진 길을 막 돌아설 때였다. 세 명의 청년 중에 한 명이 바로 내 뒤에서 말을 걸었다.

"저 아가씨! 잠깐 얘기 좀 합시다."

나는 아무 대답도 하지 않고 그대로 걸었다.

"말을 걸었으면 대답이라도 해야 하는 거 아니에요? 우리 나쁜 사람 아닙니다. 잠깐 얘기 좀 하자니까요."

어느 덧 청년들이 나의 팔이라도 잡을 것 같았다. 내가 막 뛰어가려고 몸을 앞으로 내밀 때였다. 두 청년이 내 앞을 가로막았고 한 청년이 나의 팔을 확 잡아챘다. 나는 겁이 나서 소리쳤다.

"왜 이러세요? 이거 놓으세요!"

니는 무서워서 목소리도 제대로 나오지 않았다. 아마도 이상한 소리를 지른 것 같았다. 그때였다. 세 청년이 약속이라도 한 듯 나의 얼굴을 보고 기겁을 했다.

"헉! 뭐, 뭐야?"

세 사람 모두 누가 먼저랄 것도 없이 오던 길로 걸음아 날 살려라 뛰어가며 말하는 소리가 들렸다.

"에이 씨, 재수 더럽게 없네. 세상에 뭐냐? 뭐, 그런 괴물이 다 있어?"

"야, 나도 기절할 뻔 했다야."

나는 떠드는 청년들이 푸념을 들으며 내 자신이 너무나 서글 펐다. 뒤에서 보기엔 늘씬한 키에 뒤태가 제법 났을 게 분명했 다. 그래서 청년들이 뒷모습을 보고 나를 따라온 모양인데 나의 얼굴을 보고 비명까지 지르며 도망치다니. 한창 나팔바지가 유 행할 때라서 나도 나팔바지를 입었는데 빨리 걸으니 바지가 더 찰랑거렸을 테고 충분히 청년들의 시선을 끌었던 모양이었다.

나의 부모님은 모든 면에서 다른 자식들보다 나를 특별히 대 해 주었다. 옷이든 신발이든 최고로 좋은 것을 사 주었다. 몸이 온전치 않으니 옷이라도 잘 입히려고 나에게 돈을 아끼지 않았 다. 그날 입었던 나팔바지도, 구두도 눈에 뜨일 정도로 좋은 것 이었다. 나는 늘 머리도 길게 기르고 다녔다. 온전치 못한 얼굴 을 가리기 위해서였지만 멀리서 보면 풍성한 머릿결도 멋져 보 였으리라.

나는 꽃다운 처녀가 영원히 될 수 없었다. 나는 집까지 오는 동안 별별 생각이 다 들었다. 나는 내가 여자의 길을 제대로 갈 수 있을까 생각할 때마다 절망이 먼저 찾아왔다. 여자로 태어났 으면 부부의 연을 맺어 결혼을 하고 아이를 낳고 키우며 사는 것 이 본능이고 사명일 것이었다. 그러나 나는 끔찍한 화상으로 그 순리를 따르지 못할 것만 같았다.

나는 고민이 깊어질수록 자신도 모르게 우울증이 깊어져 어두운 우물 속으로 점점 깊이 가라앉았다. 그 일이 있은 뒤로 사람들을 대하기가 더 싫어졌다. 아니 겁이 났다. 길을 걷다가 누군가 마주치면 그날 그 청년들처럼 괴성을 지르며 도망칠 것만 같았다.

출근길이나 퇴근길에도 나는 땅만 보고 다녔다. 머리칼도 자꾸만 앞으로 끌어내려 얼굴을 가렸다. 그러다가 어느 날부터 눈썹공장에 가는 것도 싫어졌다. 나는 점점 더 사람들과 마주하는 게 자신이 없어졌다. 그러다 결국 눈썹공장을 그만두었다.

나는 얼마 동안 집에 있는 게 편했다. 아무 생각도 없이, 아무 할 일도 없이, 방 안에서 누워 있거나 생각없이 천장만 바라볼 때도 있었다.

엄마는 그럴 때마다 방문을 화들짝 열고 나를 확인하고 나가곤 했다. 어느 때는 내가 불을 끄고 있으면 엄마가 숨 넘어가는 소리로 나를 찾으며 깜짝 놀라 방문을 열 때도 있었다. 엄마는 나의 맘속을 훤히 들여다보는 것 같았다. 나는 초조해 하는 엄마의 모습을 볼 때면 더 괴로웠다. 엄마도 나 못지않게 조바심을 내며 괴로워하고 있다는 걸 알 수 있었다.

그 무렵 이웃 동네에서 나와 동갑인 애가 시집을 가는데 식구들이 모두 나의 눈치를 보며 쉬쉬하는 걸 느낄 수 있었다. 아마도 엄마가 말을 못하게 한 것 같았다.

나는 마음이 심란할 때면 바닷가로 나가 아무도 보이지 않는 곳에 하루 종일 앉아 있다가 돌아올 때도 많았다. 집에 오면 엄마가 어디 갔다 왔느냐며 가슴을 쓸어내리기도 했다. 나는 출렁거리는 물결을 바라보면 깊이를 알 수 없는 물속 세상이 앞으로 내가 살아갈 세상 같아서 더 불안하기만 했다.

끼룩 끼룩 울어대며 물위를 날아오르는 갈매기들을 볼 때마다 차라리 한 마리 새가 되었으면 싶었다.

나는 앞으로 어떻게 살아야 할지, 무엇을 하며 살아야 할지, 앞날이 캄캄한 밤중처럼 암울했다. 차라리 죽음보다 더 힘들었던 치유의 고통을 견디지 말고 어릴 때 죽었더라면 하고 바랄 때도 있었다.

올케언니가 나를 업고 의원한테 달려가던 날, 내가 죽었는지 살았는지 확인하려고 엉덩이를 자꾸 꼬집었다는 그 말에, 그때의 나 자신이 어떤 상황이었는지 너무도 확연하게 짐작할 수 있었다. 그때 차라리 죽었더라면 한 마리 새가 되어 다시 태어날 수 있었을까. 이제라도 죽어버릴까. 이렇게 사느니 차라리 죽는 게 낫지 않을까.

나는 하루 종일 바다를 바라보며 절망을 부풀리다 문득 집에서 걱정하실 부모님을 생각하며 집으로 무거운 발길을 돌리곤 했다.

집으로 돌아와 식구들과 눈을 마주치면 하루 종일 바다를 바라보며 했던 생각들이 죄송스러워 얼른 마음을 돌렸다.

시간이 가면 흉터도 나아질 거라던 기대는 나를 더 고통스럽

게 했다. 고개를 똑바로 들고 하늘을 바라보고 싶었지만, 그 마
저도 나에겐 허락지 않았다. 하늘을 볼 수 없는 사람으로 이 세
상에서 무엇을 하며 살아갈 수 있을까. 식구들이야 핏줄이니까
나를 위로하고 동정하지만, 언제까지 식구들의 짐이 되면서 살
아갈 수 있을까.

　나는 꿈속에서도 길이 보이지 않는 낯선 곳에서 방황하다가
화들짝 놀라 깨곤 했다. 살아있는 것만으로도 감사하게 생각하
자고 아무리 마음을 다독여도, 현실은 나를 자꾸만 수렁으로 몰
고 가는 것 같았다.

빗나간
자살시도

　바로 위에 언니가 시집을 간 후로 나의 초조함은 점점 더 심해졌다. 나는 몇 번이나 바다로 뛰어들려고 생각했지만 왠지 바다는 무서웠다. 부모님은 나를 시집을 보내야 할 텐데 과연 나의 짝이 있을까 초조해 했다. 나는 점점 더 구석으로 몰리는 기분이 들었다.

　어느 날부터 세상에 내 한 몸만 없어지면 부모님의 걱정도 덜어줄 수 있다는 생각이 들기 시작했다. 겉으로 표는 내지 않았지만, 하루 종일, 아니 잠자리에서조차도 자살을 생각했다. 어떻게 하면 가장 쉽게 죽을 수 있을까.

　시골에서 자살하는 사람들은 대부분 물에 빠져 죽는 사람들이 많았다. 가장 쉬운 방법인 것 같았다. 나는 헤엄도 못 치니 순간의 두려움만 이겨내고 물속으로 뛰어들면 허우적거리다가 어느 순간 가라앉을 것 같았다. 그러면 모든 게 끝이겠지 생각하며 자주 바닷가로 나가곤 했다.

그러나 바다는 너무 넓었다. 바다에 몸을 던지는 사람은 별로 보지 못했다. 나는 어느 날부터 형제봉 아래 저수지를 생각하고 있었다. 신발을 벗어놓고 뛰어들면 누군가 지나다가 내 신발을 보고, 내가 물에 빠져 죽었다는 사실을 알게 될 것 같았다.

나는 몇날 며칠을 그 생각만 했다. 부모님의 눈치를 살피는 것도 괴로웠고, 엄마가 가끔 가끔 나의 존재를 확인하며 안도의 한숨을 내쉬는 것도 신경이 쓰였다. 나는 자신의 존재가 식구들의 가슴에 가시가 되어 수시로 찔러대는 것만 같았다.

나는 그동안의 삶을 돌아보았다. 한순간에 화마가 덮친 이후부터 행복이라는 단어는 이미 내 곁에서 영원히 떠난 것만 같았다. 앞으로는 더 어두운 날들만 기다리고 있을 게 뻔했다. 나는 밤마다 잠을 못 이루고 뒤척였다. 밥맛도 없고 입안도 까끌까끌했다. 이러다 미쳐버리는 게 아닐까. 어느 순간 겁도 났다. 잠을 못자니 이상한 생각이 더 한층 꼬리를 물었다.

'그래, 이제 때가 되었어.'

식구들 중에 부모님께 가장 죄스러웠다. 특히 엄마를 생각하면 자꾸만 망설여졌다. 나는 더 늦기 전에 마음을 다잡기로 했다. 내가 엄마 곁을 떠나면 오히려 엄마도 홀가분할지도 모른다는 생각이 자꾸 자라났다. 더 이상 망설이는 게 힘들 것 같았다.

가뜩이나 자신에게 신경을 꽂고 있는 엄마가 정말 눈치라도 채는 날엔 그 기회마저 영영 오지 않을 것 같았다.

쓸쓸한 가을바람에 억새가 하얀 물결을 이루는 어느 날, 나는 착잡한 마음으로 집을 나서기로 했다. 방안을 둘러보는데 눈시울이 뜨거워졌다. 부모님은 가을걷이를 하기 위해 일찍 밭에 나가고 집안에는 아무도 없었다. 다른 날 같으면 나도 엄마를 돕기 위해 따라 나섰을 텐데, 그 날은 몸이 안 좋다며 집에서 쉬겠다고 말했다. 엄마는 걱정스럽게 나의 안색을 살피며 말했다.

"집에서 푹 쉬고 있어라. 얼른 다녀오마."

나는 대답 대신 엄마와 눈을 맞췄다. 금세 눈물이 비어져 나올 것 같아 얼른 방문을 닫았다. 엄마의 발소리가 점점 멀어졌다. 나는 가슴이 복받쳐 올라왔다. 나는 깊은 숨을 들이쉬고 자리에서 일어났다. 방문을 열고나오니 뜨락이 한눈에 들어왔다. 나란히 이어져 있는 방들. 그리고 사랑채까지 아무것도 변한 게 없는데 나만 평화로운 집과는 전혀 어울리지 않는 존재 같았다. 나 때문에 평화롭던 집안에 늘 그늘이 진다는 생각이 다시 들었다.

'그래. 나 하나만 없어지면…….'

나는 서둘러 신발을 신었다. 마당을 나오는데 누군가 잡아주었으면 싶은 생각도 들었다. 한 발 두 발 저수지 쪽으로 발길을 떼기 시작했다. 저수지까지는 집에서 그리 멀지 않았다. 나는 등성이 너머 밭에 간 부모님이 보이지 않아서 다행스러웠다.

집을 나서니 형제봉이 보였다. 과연 이 길 밖에 없을까. 발길

닿는 땅과 눈에 들어오는 나무들, 화려한 낙엽들이 이제 마지막이다 생각하니 모두 핏빛으로 보였다. 하얗게 핀 억새들이 바람결 따라 출렁거렸다. 세상은 이렇게 아름다운데 나는 내 얼굴모습을 생각하니 눈물이 흘러내렸다.

'이제 눈물도 마지막이야.'

나는 흐르는 눈물을 닦지 않았다. 눈물이 그대로 흘러내려 흉터투성이인 뺨을 적셨다. 그리고 목으로 흘러내렸다. 그토록 많이 흘렸는데도 눈물은 어디서 생겨나는 것일까. 내가 흐느적거리며 걷는 사이 어느새 저수지 입구에 다다랐다. 환영처럼 어린날들이 떠올랐다. 물수제비를 뜨며 깔깔대던 친구들은 다 잘 살고 있을까.

나는 저수지 둑길을 따라 무작정 걸었다. 물 속에 나의 실루엣이 어른거렸다. 형제봉의 잔영도 물 속에 잠겨 있었다. 심청이처럼 물 속에 뛰어드는 순간 새로운 삶을 얻을 수 있다면 얼마나 좋을까.

저수지 둑길을 따라 얼마나 걸었는지 다리가 아프기 시작했다. 나는 큰길이 보이지 않는 굽이에서 주저앉아 하염없이 저수지를 바라보았다. 점심때가 지났는지 배에서 꼬르륵 소리가 들렸다. 엄마가 집에 와서 나를 찾기 전에 서둘러야 할 것 같았다.

나는 다시 일어서서 수심이 깊은 곳을 살폈다. 산자락의 경사가 급한 곳에 검푸른 물결이 나의 눈길을 끌었다. 나는 자석에 이끌리듯 산자락으로 올라가기 시작했다. 어느 정도 올라가자

평평한 바위가 보였다. 나는 바위에 앉았다. 그 아래 물길이 가장 깊은 것 같았다. 햇살에 물비늘이 반짝거렸으나 내가 앉아있는 바로 아래는 물비늘조차 일지 않았다.

'그래, 여기가 좋겠어.'

나는 신발을 벗어서 바위에 나란히 놓았다. 이 신발이 나의 부재를 알려줄 유일한 단서가 될 터였다. 나는 나란히 놓인 신발을 물끄러미 바라보았다. 또 눈물이 흘러나왔다. 마지막 눈물이라 생각하니 마치 몸 안의 눈물을 모두 비워내야 하는 것처럼 하염없이 흘러내렸다.

내 나이를 일러 꽃다운 나이라고도 했다. 그러나 나는 꽃이 될 수 없었다. 꽃이란 무엇인가. 꽃이 되기 위해서는 곱고 아름다움이 첫째 조건이었다. 그러나 나에겐 고운 얼굴도, 아름다운 얼굴도 찾아볼 수가 없었다. 그러니 저 물 속에 몸을 던지는 일은 어쩌면 당연한 일일 수도 있었다.

이제 생의 마지막 순간이 다가오고 있었다. 마음이 변하기 전에 얼른 저 물 속에 몸을 던지면 그것으로 나의 삶은 끝이었다.

나는 엄마에게 가장 죄스러웠다. 나의 죽음을 알고 몸부림칠 엄마에게 편지라도 써 놓고 올 것을 후회가 되었다. 그러나 이미 모든 게 늦었다. 나는 마지막으로 엄마에게 작별인사를 했다. 텔레파시가 있다면 분명히 엄마에게 전해질 것 같았다.

'엄마, 미안해요. 내가 살아있다는 것은 엄마에게도 고통이고 슬픔이에요. 엄마 먼저 갈게요. 죄송해요. 엄마, 안녕.'

나는 비어져 나오는 눈물을 참고 크게 숨을 들이마셨다. 하나 둘 셋, 마음속으로 준비를 마치고 바위 끝으로 다가갔다. 아무것도 걸리는 게 없어서 그대로 물에 뛰어들 수 있는 곳이라 다행스러웠다.

나는 다시 숨을 몰아쉬었다. 그리고 눈을 감았다. 몸을 앞으로 기울이려는 순간이었다.

"석란아! 석란아!"

엄마 목소리였다. 나는 화들짝 놀라 뒤를 돌아보았다. 이상했다. 분명히 엄마가 다급한 목소리로 나를 불렀는데 뒤에는 아무도 없었다.

'혹시 엄마가.'

나는 온 몸이 덜덜 떨렸다. 보통 때 나를 부르는 엄마의 목소리가 아니었다. 엄마가 무슨 일을 당한 게 틀림없었다. 숨이 넘어가듯 다급한 목소리였다. 엄마가 어딘가에 떨어졌거나 무슨 사고를 당한 게 틀림없다는 생각이 들었다. 그렇게 다급한 엄마 목소리는 처음이었다. 아, 어떻게 내가 여기 있는 것을 알았을까. 나는 그제야 내가 무슨 짓을 하려고 했는지에 대해 무섭기 시작했다.

나는 허겁지겁 신발을 꿰어 신고 도리질을 치며 미친 듯이 집으로 뛰었다. 온 몸에서 식은땀이 계속 흘렀다. 분명히 엄마에게 무슨 일이 있는 것만 같았다.

집이 보일 때였다. 엄마가 바람처럼 내 쪽으로 뛰어오고 있었다. 나는 그 자리에 우뚝 멈춰 섰다. 엄마가 나를 보고 두 눈이 휘둥그레지며 달려왔다.

"말도 없이 어디 갔다 와? 얼마나 찾았는지 아니? 몸도 안 좋다며 도대체 어디 갔었어?"

나는 사실대로 말할 수가 없었다.

"답답해서 그냥 바람 쏘이러……."

엄마는 뭔가를 느낀 것 같았다. 나의 오른손을 꼭 움켜잡고 절대 놓지 않겠다는 듯이 집으로 걸었다. 나는 아무 말도 못했다. 아니 입을 열면 울음이 터져나올 것 같았다. 엄마가 나를 방에 밀어넣고 그제야 안도의 한숨을 쉬며 말했다.

"지난 밤에 꿈자리가 뒤숭숭했어. 그래서 아침에 밭에 나가면서도 마음이 안 놓이더라. 어디 가려면 간다고 말을 했어야지."

나는 가슴이 오그라드는 것 같았다. 엄마를 두고 죽어서는 안 될 것 같았다. 죽음같은 고통의 터널을 함께 헤쳐나오던 엄마의 모습이 떠올랐다. 밤새 눈 한번 못 붙이고 부채질을 해대던 엄마였다. 화상에 좋다는 것은 산자락이든 바위 절벽이든 바다풀까지 뜯어다 다려서 물을 끼얹어 주던 엄마였다. 엄마의 간호가 없었다면 나는 살아날 수 없었다. 그런 엄마의 가슴에 대못을 또 박을 수는 없었다.

나는 그 후 한동안 마음을 다잡기 위해 농사일에 매달렸다. 엄마가 하지 말라고 했지만 뭔가에 집중이라도 해야 현실을 잠시라도 잊을 수 있었다. 그러나 가을걷이가 다 끝나고 겨울이 시작되니 또 할 일이 없었다. 더구나 식구들이 항상 집안에 있으니 내 존재가 더 하찮게 느껴졌다. 날씨가 추워져서 몸을 웅크리게 되면 생각도 안으로만 침잠되는 것 같았다.

나는 언제부터인가 또다시 엉뚱한 생각이 자꾸만 가슴속에서 자라나고 있었다. 잠자는 약을 먹고 조용히 자다가 세상을 등지는 일은 참으로 편안할 것 같았다.

나는 겨우내 방안에서 한 가지 생각에 골몰하며 그 생각을 자꾸만 키워나갔다. 그리고 어느 날 드디어 읍내에 있는 약국으로 들어섰다. 수면제는 한 곳에서 많이 팔지 않으니 여러 곳에서 사 모아야 치사량이 되었다. 잠이 안 오면 보통 사람도 살 수 있는 게 수면제라고 하니 별로 어려운 일이 아니라는 생각에 나선 길이었다. 약국에 들어가서 수면제를 사러왔다고 했더니 약사가 나를 유심히 뜯어보는 것 같았다. 나는 늘 그런 시선을 겪었던 터라 긴장도 되지 않았다. 약사는 한동안 나를 살피다가 약봉지에 드링크제와 함께 몇 알의 알약을 넣어주었다. 나는 약봉지를 받아들고 나서야 약간 긴장이 되었다.

나는 읍내에 있는 약국을 순시하듯 차례로 돌며 같은 방법으로 약을 사 모았다. 가는 곳마다 약사들이 약속이라도 한듯 나를 찬찬히 살피는 눈치였지만 거부하거나 별다른 말은 없었다. 나는 의외로 쉽게 일이 잘 풀리는 것 같아 마음이 놓였다.

나는 약을 사 모은 후 집으로 돌아왔다. 이제 기회를 봐서 적당한 때에 사 모은 수면제들을 먹고 영원히 잠속으로 빠져들 날만 남아있었다.

그러는 사이 설날이 다가오고 있었다.

'빨리 결행하는 게 낫지 않을까. 아니야. 이렇게 추운데 부모님을 고생시키면 안 돼. 하지만 곧 설이 오는데 정초에 집안을 뒤흔들어서는 더 안 돼.'

내가 자꾸 망설이는 사이 시간은 자꾸자꾸 흘렀다.

또 며칠이 후딱 지나갔다. 엄마가 설을 쇤다고 집안 곳곳을 청소했다. 묵은 먼지를 떨어내고 새로운 날을 맞기 위한 준비였다. 그런데 하필 내가 밖에 나간 사이 내 방을 청소하던 엄마가 약봉지를 발견하고 말았다. 알약이 수두룩한 걸 보고 엄마가 무슨 약인지 알아보라고 아버지한테 가져다 보였다. 밖에 나갔다 들어오니 엄마가 아버지 방에서 나오다가 나에게 물었다.

"자라 보고 놀란 가슴 솥뚜껑 보고 놀란다고 무슨 약인가 하고 기겁을 했었구나. 다행히 원기소라니. 그런데 그 많은 원기소가 어디서 난 게냐?"

나는 가슴이 철렁했다. 방에 들어가 보니 약봉지가 없었다. 잘 둔다고 장롱 위에 올려놓았는데 엄마가 장롱 위의 먼지를 털어내다가 발견한 것이었다. 나는 그게 수면제라고 말할 수가 없었다. 그런데 그때 아버지가 사랑방에서 나오면서 말했다.

"몸이 허하면 말을 하지. 네 언니가 사다준 원기소가 이렇게 남았는데."

아버지가 원기소 병을 나에게 내밀며 말했다. 나는 아버지가 내미는 병에서 알약을 꺼내보았다. 원기소와 똑같았다. 수면제라고 받아왔는데 원기소라니. 나는 원기소 병에서 한 알을 꺼내한쪽 끝을 씹어 보았다. 그리고 내가 사온 약도 똑같이 떼어 맛을 보았다. 냄새도 맛도 똑같았다. 그러니 아버지가 한눈에 알아본 것이었다. 나는 어이가 없었다.

그러나 곰곰이 생각해 보니 내가 약사라도 그럴만 했다. 나의얼굴을 보고 누가 수면제를 팔겠는가. 한창 젊은 처녀가 흉측한모습의 얼굴을 하고 수면제를 달라고 하면 내가 약사라도 선뜻수면제를 주지 않을 게 뻔했다. 수면제를 살 때는 미처 그 생각을 하지 못했는데 원기소라는 사실을 알고 나니 나는 하나만 알고 둘을 헤아리지 못한 걸 깨달을 수 있었다. 어느 약사라도 나의 모습을 보고 자살을 생각한다고 판단했을 것이니 피로회복제와 원기소를 준 것이었다.

나는 맘대로 죽을 수도 없었다. 첫 번째는 엄마 때문에 못 죽고, 두 번째는 약사들도 내 편을 들어주지 않았다.

제 **4** 장

눈물도 마지막이야

하나님은 나에게
새로운 삶을 이끌어 주었다.

하나님을
만나다

어느덧 봄이 오는가 싶더니 앞산 산자락에 진달래가 피어났
다. 봄이란 계절은 사람의 마음을 들뜨게 하는 것 같았다. 봄바
람 탓일까. 나의 마음은 하루에도 몇 번씩 이랬다저랬다 갈피를
잡을 수 없었다.

어느 날 등성이 너머 중말에 살고 있는 인애라는 친구가 나를
찾아왔다. 인애는 내가 화상을 입기 전부터 같은 반이었고, 내가
아파서 누워 있을 때도 가장 많이 찾아온 친구였다. 인애는 여고
를 졸업하고 직장에 다니다가 잠시 집에 머물고 있었다. 나는 인
애가 얼마나 반가운지 몰랐다. 인애가 먼저 말했다.

"날씨도 좋은데 우리 바람 쐬러 나가자."

나도 집보다는 오랜만에 친구와 꽃이 지천으로 핀 길을 걷고

싶었다. 나는 인애와 서로 안부를 물으며 밭두렁을 건너 앞산으로 갔다. 산에 가면 서해바다가 한눈에 들어왔다. 바위들도 많아서 바위에 앉아서 가로림만을 바라보았다. 천하의 비경이 따로 없다는 생각이 들었다.

인애가 바위에 앉으며 입을 열었다.

"아, 정말 멋지다. 가슴이 확 트이네."

나는 인애도 가슴이 답답할 때가 있을까 궁금했다. 인애는 내가 그리도 부러워했던 교복을 입고 읍내의 학교에 다녔다. 그즈음 시골에서는 여자가 고등학교까지 가는 건 최고의 배움이었다. 나는 자신의 처지를 생각하자 나도 모르게 한숨이 나왔다. 인애가 나에게 말했다.

"너 요즘 많이 힘들어 하는 것 같다고 엄마가 걱정하시더라. 그래서 찾아왔어. 부모님한테 못하는 말도 친구 사이엔 할 수 있잖아. 혼자 끌어안고 있으면 더 힘들어. 내가 들어줄게. 마음에 고인 고민들을 다 풀어내. 끌어안고 있으면 병 된다."

나는 인애가 얼마나 고마운지 몰랐다. 식구들에게 짐이 되고 있다는 생각 때문에 엄마나 언니에게도 속마음을 털어놓을 수가 없었다. 나는 인애에게 속마음을 털어놓았다.

앞이 안 보인다고. 주변에서 시집을 가는 것을 볼 때마다 가슴이 답답해 미칠 것 같다고. 시집을 가고 싶어서가 아니라 평범한 여자의 길을 걸을 수가 없을 것 같아서라고. 게다가 식구들의 짐이 되는 게 너무 싫다고. 늘 죽음을 생각하고 있는데 맘대로 되지 않는다고. 엄마를 생각하면 차마 죽을 수도 없다고.

나의 얘기를 담담히 듣고 있던 인애가 촉촉하게 물기가 어린 눈으로 말했다.

"살아야지. 죽음은 절대 안 돼. 부모님 마음에 대못을 박는 일이잖아."

나도 눈물이 나왔다. 그랬다. 부모님 때문에 죽을 수가 없었다. 인애가 조심스럽게 입을 열었다.

"석란아, 너 나랑 교회에 한번 가보자."

나는 교회란 말이 낯설었다. 부모님은 절에 다녔다. 식구들 중에 아무도 교회에 나가는 사람이 없었다.

"내가? 나 같은 사람이 가도 돼?"

나의 물음에 인애가 진지하게 대답했다.

"하나님은 아무도 차별하지 않아. 오히려 고통받는 자를 환영해. 네가 하나님을 의지했으면 좋겠다."

나는 인애의 말에서 고통받는 자를 환영한다는 말이 마음에 들었다. 하나님이 어떤 분인지, 교회가 정말 위로를 받을 수 있는 곳인지보다, 인애의 진심어린 말 때문에 고개를 끄덕였다.

"이번 주 일요일에 함께 가 보자. 내가 아침 일찍 집으로 갈게. 준비하고 있어."

나는 집으로 돌아와 일요일이 빨리 오기를 기다렸다. 한편으론 새로운 사람들과 마주치는 게 걸렸지만 인애와 함께라서 마음이 놓였다.

일요일 아침 일찍 외출준비를 하고 있을 때 엄마가 불안하게 어디에 가냐고 물었다. 엄마는 내가 화상을 입고 고통을 당할 때 절에 다니며 내가 빨리 낫게 해달라고 빌었다. 그런 엄마에게 교회에 간다는 말이 선뜻 나오지 않았다. 머뭇거리고 있을 때 인애가 찾아왔다.

엄마는 내가 어떻게든 마음의 안정을 찾기를 원했기 때문에 교회에 가보겠다는 나를 막지 않았다. 더구나 인애와 함께 간다니 마음이 놓인다고 했다.

교회에서는 나를 반갑게 맞아주었다. 오랜만에 집 밖에서 나를 환영해주는 사람들을 만나니, 그동안 세상에서 한 번도 느껴보지 못한 포근함에 마음이 편안해졌다. 전도사님의 설교시간에는 소외되고 외로운 자들에게 복을 내리신다는 말씀이 나의 가슴에 감동의 물결을 일으켰다. 전도사님의 설교가 끝나고 모두 기도를 하는 시간에 나도 세상에서 온전히 살 수 있게 해달라고 기도를 드렸다.

예배가 끝났을 때 교우들이 나를 위로하며 교회에 잘 왔다고, 다음에도 꼭 나오라고 격려해 주었다. 나는 따뜻한 사람들의 격려에 가슴에 얹혀있던 돌덩이가 조금씩 가벼워지는 것을 느낄 수 있었다.

처음으로 성경책을 읽기 시작했다. 성경에는 좋은 말씀들이 많았다. 힘들고 외로운 자들에게 빛을 주신다는 하나님 말씀들을 읽으며 위로를 받았다. 나는 그 다음 주 일요일에도 인애와 함께 교회에 나갔다. 성경 말씀 중에서 특별히 나를 끄는 내용이 있었다. 바로 요한복음 1장 12절의 말씀이었다.

　-영접하는 자, 곧 그 이름을 믿는 자들에게는 하나님의 자녀가 되는 권세를 주셨으니-

나는 얼마 후에 하나님의 자녀가 되기로 결심했다. 내가 하나님의 자녀가 되기로 결정한 순간부터 하나님의 은혜를 받았다는 생각이 들었다. 나는 행복이라는 단어와 감사라는 단어가 나와는 동떨어진 낯선 단어가 된 지 오래라고 생각하고 있었다. 그러나 교회에 나가면서부터 행복과 감사라는 단어가 가슴에 들어와 조금씩 자리를 넓히는 걸 느낄 수 있었다.

나는 그동안 나의 생각대로 판단하고 나의 감정에 따라 삶을 내려놓고 싶었던 순간들이 부끄럽게 느껴졌다. 나는 이제 새로운 인생의 출발점을 찍은 기분으로 교회에 나가 앞으로 자신도 의미있게 살 수 있게 되기를 간절히 기도했다.

하나님은 나의 모습 그대로를 받아주시고 자녀로 삼아주신다는 생각에, 저절로 감사함이 가슴 벅차게 밀려들었다. 하나님은 친구를 통하여 나의 지친 마음의 상처를 싸매 주셨고, 새로운 날을 맞이할 때마다 내가 소망을 갖게 해주셨다. 세상을 향해 원망과 불평으로 살아있다는 자체를 부정하고 싶어 세상을 등지려고 이런저런 자살시도를 했던 나의 죄를, 나는 하나님 앞에 엎드려 진심으로 용서를 구했다.

교회에 나가면서 나의 주변 환경은 변한 것이 없었지만 하나님의 말씀이 나의 마음 중심에 계시니 모든 일에 자신감이 생기고, 하루 하루 살아있는 것을 기쁘게 여길 수 있었다.

하나님께서는 부족함이 많은 나에게 교회 안의 크고 작은 일들을 맡겨주셨다. 이제 나는 고통스러웠던 지난날에 집착하지 않기로 다짐했다. 현재에 몰두하며 최선을 다하여 살기로 다짐했다.

나는 교회가 좋고 전도사님이 좋았다. 우리 집은 철저한 불교 집안이었지만 변화된 나의 모습에 부모님도 내가 편하게 교회에 다닐 수 있도록 해주었다.

교회에 나가 기도를 하면서 나의 신앙도 점점 성숙해지고 성격도 담대해져서 아이들을 가르치는 주일학교 교사를 맡게 되었다. 그리고 열심히 기도하고 교회 일에 열성을 보이니 얼마 후에는 치녀 집사가 되었다.

참으로 신기한 것은 나만 보면 동물원의 동물을 구경하듯 놀려대며 모여들던 아이들이, 주일학교 교사가 된 나를 따르고 좋아하는 것이었다. 하나님은 나에게 기적을 내린 것 같았다.

나는 나를 믿고 따르는 아이들에게 살아계신 하나님의 말씀을 가르치며 진심으로 기도하고 찬양하며 예배를 드렸다. 나를 통해 한 동네 아이들도 교회에 나가 예수님을 영접하는 놀라운 일들이 일어났다. 한 인간의 힘으로는 불가능한 일이었겠지만 하나님께서 함께 하시니 불가능을 가능케 하셨던 것이다.

나를 따르고 좋아하는 아이들이 있으리라고는 누구도 믿지 않았다. 오히려 무섭다고 울거나 도망가는 게 당연하다고 생각했었다. 그러나 하나님은 나를 도구로 삼으시어 내가 기쁘게 일을 할 수 있는 길을 열어주시는 놀라운 은혜를 베풀었던 것이다.

나는 비로소 삶의 목적이 생기고 의미가 깊어지기 시작했다.

배우자를
만나다

　나는 하나님의 품에서 교회 일에 모든 열정을 바쳤다. 부모님
은 내가 안정된 마음으로 살아가는 것을 보며 안심을 하는 것 같
았다. 그러나 부모님은 가끔 가끔 나를 바라보며 한숨을 내쉬곤
했다.

　그러던 어느 날이었다. 부모님이 나에게 서울에 가보자고 했
다. 어리둥절해 하는 나에게 부모님이 말했다.

　"너도 남자를 만나 시집을 가야 하는데 큰 병원에 가서 얼굴을
조금이라도 고칠 수 있는지 알아보자."

　나는 고개를 저었다. 하나님을 알고 나서부터 나는 하나님의
일을 하며 평생 독신으로 살고 싶었다. 결혼에 대해 고민해 보긴
했지만 나는 교회에 나가면서 시집을 가지 않겠다고 작정한 지

오래였다.

그러나 부모님은 막무가내였다. 큰 병원에 가서 한번 알아나 보자고 나를 졸랐다. 부모님이 나를 데려간 곳은 서울 한복판에 있는 아주 큰 병원이었다.

나는 한편으로 피부이식 수술에 기대가 아주 없는 것은 아니었다. 그러나 나를 본 의사는 수술은 할 수 있지만, 아주 여러 번 해야 한다고 말했다. 비용도 만만치 않다고 했다. 그래도 부모님은 수술이 가능하다는 말에 희망을 걸고 나를 입원시켰다.

그날 밤 부모님은 병실 밖에서 내가 듣지 않게 심각하게 의논을 했다. 나는 무슨 일인지 궁금해서 문을 열고 나가려다 문밖에서 부모님이 나누는 걱정스러운 대화를 듣게 되었다. 부모님은 수술비 마련을 위해 논을 몇 마지기 파는 수밖에 없다고 했다.

몇 차례에 걸쳐 수술을 받아도 나를 완전히 예전 모습으로 되돌릴 수 없다고 했지만, 목이라도 새로 만들어서 최소한 하늘이라도 보게 하자고 했다. 그래야 맞선이라도 볼 수 있고 시집을 보낼 수 있을 거라고 말했다. 부모님은 나를 시집보내기 위해서 무리를 해서라도 수술을 시키자고, 아버지는 빨리 내려가서 논을 팔아야 한다고 결론을 내렸다.

그날 밤 나는 한잠도 자지 못했다. 마음속으로는 나도 수술을 받고 싶기도 했다. 최소한 지금보다 얼굴이 나아진다면 결혼도 해보고 싶었다. 하지만 논을 팔아야 한다는 말을 듣고 욕심을 접어버렸다. 시골 살림에 척도는 논을 몇 마지기 가지고 있느냐였다. 그런 중요한 논을 팔아서까지 수술을 받는다는 것은 부모님께 커다란 불효를 저지르는 것 같았다. 이미 나 때문에 부모님이 얼마나 힘들었는가. 또다시 부모님을 힘들게 하고 싶지 않았다.

나는 이튿날 부모님께 당장 퇴원하겠다고 말했다. 부모님은 나를 극구 말렸지만 나는 옷을 갈아입고 병원을 나와 버렸다.

그 후 나는 결혼은 생각지도 않는다고 부모님께 선언하듯 말했다. 하나님과 함께 평생을 봉사하며 살겠으니, 시집을 보내려는 생각은 하지도 말라고 부모님께 말씀드렸다.

그러나 얼마 후부터 중매쟁이들이 자꾸 드나들었다. 그들이 소개하는 신랑감은 거의 다 장애를 가진 사람들이었다. 하나님 안에서 안정을 찾은 나는 혼사 얘기가 나올 때마다 내 자신의 장애를 다시 확인하는 게 괴로웠다.

그러던 어느 날이었다. 부모님은 아주 결심이라도 한 듯 나에게 말했다.

"네가 시집을 가지 않겠다는 것은 큰 불효야. 짚신도 짝이 있는 법이다. 이번에 맞선을 보자는 사람은 성실하고 심성도 아주 착하다니 아무 말 말고 꼭 선을 보도록 하자."

나는 부모님의 간곡한 권유에 못 이겨 순종하는 마음으로 맞선을 보기로 했다. 맞선 장소는 서산읍내에 있는 낙랑다방이었다. 나와 맞선을 보기 위해 나온 남자는 어려서 사고로 장애를 입었다고 했는데 척추장애가 있었다. 부모님 말대로 인상은 성실해 보였다. 구두 일을 한다는 말에 나는 읍내에 있는 양화점에서 일을 하는 것으로 받아들였다. 맞선을 보러 나오는 자리에 양복을 입지 않고 점퍼차림으로 앉아 있는 모습이 좀 걸렸다.

첫날은 그렇게 만나고 집으로 돌아왔다. 그 후 부모님은 나의 혼사를 서두르기 시작했다. 나는 정말 결혼이라는 것을 하고 싶지 않았다. 맞선 본 남자가 좋든 싫든 그게 문제가 아니었다. 평생 하나님의 종이 되어 살겠다고 이미 마음으로 서약한 터라 나에게 결혼은 그리 중요한 게 아니었다. 새식구가 생겨서 낯선 사람들과 얽히는 일들이 나는 항상 두려웠다.

나는 맞선 본 남자에 대해서도 실망스러웠다. 구두점에서 일하는 줄 알았는데 나중에 알고 보니 어느 가게의 처마 밑에서 구두를 닦고 수선을 하는 사람이라고 했다. 점포도 없이 거리에서 구두 일을 한다는 게 안정감이 들지 않았다.

나는 부모님이 너무 적극적으로 권하니 직접 거부의사를 밝힐 수가 없었다. 그래서 편지를 써놓고 서울에 사는 언니 집으로 피해 버렸다. 그러나 부모님이 언니에게 편지를 보내 나를 불러 올렸다.

엄마는 혼수도 원하는 것을 다 해 줄 테니 제발 시집을 가라고 애원하듯 말했다. 부모님은 내가 장애를 갖고 있으니 장애인끼리 만나서 서로 이해하며 살아야 한다고 나를 설득했다. 그러나 나는 남자가 장애인이라서 싫은 게 아니었다. 내 자신의 모습을 너무나 잘 아는데 어떻게 장애인이라서 싫다고 할 수 있는가.

나는 교회에 나가 하나님께 자신이 올바른 결정을 할 수 있도록 도와달라고 기도로 매달렸다.

엄마는 내가 계속 시집을 가지 않겠다고 버티자 어느 날 화를 내며 방빗자루를 들고 나를 사정없이 내리쳤다. 그러나 내가 아프라고 때리는 매가 아니었다. 한참동안 빗자루를 잡고 부모 마음을 몰라준다고 푸념을 하던 엄마가 빗자루를 집어던지고 나를 끌어안으며 울었다. 나도 엄마와 부둥켜안고 한동안 눈물바람을 했다. 나는 부모님의 권유를 더 이상 거부할 수가 없었다.

선을 본 남자 쪽에서도 결혼을 서두르고 싶다는 전갈을 보내왔다. 나는 신앙생활의 자유를 보장해 주겠다는 말에 모든 걸 받아들이고 마음을 정했다. 부모님에게 짐이 되지 말아야 한다는 것도 크게 작용을 했다.

결국 나는 시집을 가기로 했다. 낙랑다방에서 선을 본 지 겨우 한 달 만이었다. 그토록 빨리 시집을 가게 된 것은 양가 부모님께서 똑같이 서두른 결과였다.

나의 부모님은 나의 혼수를 최고로 마련해 주었다. 물질적으로라도 나를 위해 최선을 다하려는 부모님의 안타까운 마음이 느껴졌다. 당시의 혼수 수준으로는 텔레비전과 냉장고를 해 가면 잘해 가는 것이었는데 부모님은 세탁기까지 사 주셨다.

결혼식 날 나는 결혼사진도 얼굴을 가린 채 찍었다. 부모님과 형제자매들은 한편으론 다행스러우면서도, 한편으론 너무 가슴이 아파 울고, 가장 아름답게 보여야 할 결혼식 날에 나도 눈물로 화장을 해야 했다.

나는 남편이 고마웠다. 남편의 장애는 키가 작을 뿐 겉으로 인물도 좋은 편이었고 평상시에 앉아있으면 장애라는 사실을 모를 수도 있었다. 그러나 나는 달랐다. 항상 마주봐야 하는 아내의 얼굴이 보기에도 끔찍한데 전혀 티를 안내고 아내를 진심으로 아끼는 것이 여간 고맙지 않았다. 음식을 먹을 때도 입술이 없으니 줄줄 흘러내리는 것을 날마다 대하는 게 어찌 보기 좋을 수가 있겠는가. 그래도 남편이 전혀 표를 내지 않으니 나는 남편 앞에서 내 자신이 장애라는 사실을 잊을 때가 많았다.

　남편은 항상 나에게도 존대를 했다. 나도 물론 존대를 했지만 남편이 내게 존대를 한다는 것은 그만큼 나를 소중히 여긴다는 반증이었다. 우리 부부가 존대를 하니 아이들도 항상 존대말을 썼다. 나는 남편을 존경하며 살았지만 남편이 나를 그토록 사랑했다는 걸 남편이 세상을 떠나고 난 다음에 더 절실하게 느낄 수 있었다.

엄마가
되다

　결혼을 하고 곧바로 아이가 들어섰다. 나와 남편은 얼마나 기쁜지 몰랐다. 하지만 나는 겁도 나고 모든 게 불안했다. 심하게 화상을 입어서 혹시 아이한테 나쁜 영향을 미치지는 않을까. 별별 불안한 생각이 다 들었다. 신경을 너무 써서 잠도 오지 않았다.

　남편은 나에게 안심하라며 말했다.

　"내가 왜 당신을 택했는지 궁금하지 않아요? 나는 당신을 오래 전부터 봐왔어요. 내가 터미널 근처에서 일을 했었으니까요. 아침저녁으로 출퇴근 하는 당신을 자주 봤어요. 그 후로 당신에 대해서 알아보았지요. 당신이 후천적으로 사고를 당해서 우리가 결혼을 하면 아이들은 장애가 없을 거라는 걸 알고 있었어요. 그래서 당신과 결혼한 거예요. 그러니까 아무 걱정 안 해도 돼요."

나는 남편이 나를 오래 전부터 살폈다는 말을 듣고 깜짝 놀랐다. 남편은 내가 눈썹공장에 다닐 때 터미널에서 늘 차에 타고 내리는 걸 보았다고 했다. 하지만 나는 목이 턱에 붙어서 고개를 들 수 없었으니 앞에 누가 나를 바라보는지, 누가 가는지 알 길이 없었다. 늘 땅만 보고 걸었으니 남편의 시선도 느낄 수 없었던 것이다. 나는 아기를 가진 후 대부분의 초보엄마들이 겪는 불안증을 남편의 격려와 배려에 안심 할 수 있었다.

아이를 가진 지 열 달 후 나는 건강한 아들을 낳았다. 남편은 얼마나 좋아하는지 나보다 더 흥분했다. 나도 내 속에서 나온 아이라고 믿어지지 않을 만큼 아들이 세상에서 가장 잘 생긴 것 같았다. 친정 부모님은 물론 시부모님도 죽은 나무에서 꽃이 피었다며 기뻐했다.

아이가 백일이 지난 후 나는 첫 아들을 품에 안고 친정집을 찾았다. 친정아버지는 외손자를 품에 안고 잠시도 내려놓지를 않으셨다.

아버지는 내가 화상을 입기 전에 나를 데리고 잔치집에도 가고, 마실도 나를 앞세우고 갈 때가 많았다. 사람들과 마주칠 때마다 세상에서 우리 딸이 가장 예쁘게 생겼다면서 얼마나 예쁜지 보라고 자랑을 낙으로 삼으셨다. 그런 아버지가 외손자를 안고 기뻐하는 모습을 보자 나는 흐르는 눈물을 참을 수가 없었다.

아버지는 내가 시집가던 날 덩실덩실 춤까지 추며 좋아하셨는데 외손자를 안고는 그때보다 더 기뻐했다. 모든 엄마들의 눈에 자기 자식이 예쁘지 않은 사람이 없겠지만 나는 내가 낳은 아들 영모가 세상에서 가장 예뻤다. 영모를 보는 사람마다 예쁘다고 칭찬을 해대니 나는 세상에서 가장 행복한 엄마처럼 느껴졌다.

아들 영모를 얻고 난 후 남편과 나는 부모가 되어 자식을 둔 행복감에 젖어 살았다. 그러면서 내가 화상을 입고 죽음과 싸울 때 부모님이 얼마나 애를 태우셨을지 생각하며 뜨거운 은혜에 감사하는 마음도 깊어졌다.

그러나 행복은 잠시였다. 또 다른 시련이 나를 힘들게 했다. 결혼할 때 내가 하나님을 믿는 것을 허락한다는 조건으로 약속을 한 남편이, 내가 믿는 하나님을 인정하지 않으며 나를 옥죄기 시작했다. 나중에 알고 보니 시집은 불교를 믿었던 터라 한 가정에서 두 신을 섬길 수 없다고 남편이 나를 교회에 가지 말라고 했다.

남편은 웬만해서는 화를 내지 않는 성격인데 얼마나 결심이 단호했던지 하루는 예수님의 성화가 발기발기 찢어진 채로 쓰레기통에 처박혀 있었다. 어떤 날은 성경책이 아궁이에서 불에 활활 타기도 했다.

어느 날은 집에서 구역예배를 드리고 있었는데 그날따라 일찍 들어온 남편은 방안의 형광등을 박살내며 막무가내로 화를 냈다. 그러나 내가 믿는 하나님은 남편의 핍박이 심하면 심할수록 더욱 더 깊이 나의 가슴으로 들어와 힘을 실어주어서 모진 핍박을 이겨낼 수 있었다.

남편이 반대하면 할수록 나는 남편을 위해 기도했다. 남편도 하나님의 품안으로 들어와 아이들과 함께 평화를 얻게 해달라고 눈물로 기도를 했다. 남편은 반대를 하면서도 내가 눈물을 흘리며 남편을 위해 기도를 하면 조금씩 이해를 하는 듯 했다. 나는 그럴수록 남편을 존경했고 틈만 나면 남편을 위해 기도했다.

나의 간절한 기도는 남편이 조그만 가게라도 마련해서 거리에서 고생하지 않게 해달라는 것이었다.

나의 기도 덕분이었을까. 하나님이 나의 기도를 들어주었다. 영모가 세 살 되던 해 남편은 거리에서 일을 하지 않아도 되는 아주 조그만 점포를 마련할 수 있었다. 나는 몸도 불편한 남편이 혼자 버는 게 안쓰럽고 미안해서 무엇이든 남편을 도울 수 있는 일을 찾게 해달라고 기도를 했다. 남편이 버는 것만으로는 늘 생활에 허기가 졌다. 한 푼이라도 더 벌어야 아이들을 제대로 키울 수 있을 것 같아 그 즈음 나도 조그만 구멍가게를 하게 되었다.

그러나 구멍가게를 보면서 나는 황당한 일을 당할 때가 자주 있었다. 물건을 사러 온 손님 중에 화들짝 놀라 뒷걸음질 치는 사람도 있었고, 아이들도 예외는 아니었다. 그런 일을 자주 당하니 나는 또 다시 좌절이 밀려왔다. 나는 항상 오로지 신앙심으로 버티었다.

그 무렵 둘째가 태어났다. 예쁜 딸이었다.

아들 영모와 딸 미화를 키우는 동안 백일과 첫돌잔치는커녕

떡 한조각도 해주지 못해 마음이 아팠다. 무엇을 주고도 바꿀 수 없는 너무나 예쁜 모습을 담은 사진 한 장도 가정형편이 어려워 찍어주지 못했다.

나는 가난 속에서도 아이들이 하나님 안에서 올바로 자랄 수 있게 해 달라고 열심히 기도를 드렸다. 남편의 핍박도 처음보다는 조금씩 강도가 약해져갔다.

어느 주일날 아침, 남편은 정장을 차려입더니 나를 따라 교회로 향하고 있었다. 드디어 하나님은 남편의 발길을 교회로 옮겨 주신 것이었다. 그것은 기적이었다. 예수님의 성화가 찢겨져 뒹굴고, 성경책이 아궁이에서 불에 탈 때, 상상도 못한 일이었다. 완악했던 남편이 봄날 햇살에 잔설이 녹듯 자기 발로 하나님의 성전으로 향하다니. 나는 남편과 함께 그날 더 큰 하나님의 은혜를 입은 것을 감사했다.

내 가정은 그 후 지상천국으로 변했다. 아침에 잠에서 깨어나면 가족 모두 둘러앉아 찬송과 기도와 말씀으로 가정예배를 드리며 하루를 열었다.

나는 두 남매에게 일간지에 실린 가정예배 란을 보면서 예배를 인도할 수 있겠냐고 물었다. 두 아이는 '할 수 있어요'라고 대답했다. 하루는 아들 영모가, 하루는 딸 미화가, 돌아가면서 가정예배를 인도했다. 아이들이 나의 말에 잘 순종하는 모습을 보면서 남편도 그동안 나를 힘들게 했던 일들을 미안하다며 사과했다.

그 후부터 온 식구가 하나님의 은혜로 충만하게 하루를 시작할 수 있었다.

남편이 신앙생활을 시작한 그 해부터 시집에서 지내는 제사도 추도식으로 바꾸었다. 그렇게도 나를 핍박하던 남편은 교회에 나온 후부터 시집식구들로부터 나를 변호하고 감쌌다. 나는 남편이 세상과 타협하지 않으려고 애쓰는 모습이 너무도 애처로워 보일 때가 많았다. 시집식구들의 심한 반대에도 불구하고 꿋꿋하게 이겨나가는 남편의 모습을 바라보면서 나는 하나님께 더 큰 정성으로 기도를 했다.

　－너희가 내 안에 거하고 내 말이 너희 안에 거하면 무엇이든지
　　원하는 대로 구하라 그리하면 이루리라－

요한복음 15장 7절의 하나님 말씀은 나에게 항상 힘을 주었다. 나는 남편이 하나님의 품안으로 들어온 다음부터 남편을 힘들지 않게 해달라고 하나님께 매달렸다. 나는 눈물을 흘리면서 시집 식구들에게도 기적을 보여달라고 간구했다.

드디어 하나님은 나의 눈물어린 기도를 기적처럼 들어주셨다. 시어머님이 어느 날 교회로 발길을 들여놓으셨다. 시어머님이 교회에 나오니 그 후 시누님들과 시누님의 가족까지 교회로 돌아와 하나님의 가족이 되었다. 얼마 후에는 시숙모님까지 교회로 발길을 돌렸다. 나는 기적을 보여주시는 하나님께 모든 영광

을 돌리며 찬양했다. 주위사람들도 모두 하나님의 능력을 놀라
워했다. 나는 믿음의 꽃동산에서 두 아이들이 올바르게 커가는
모습이 가장 흐뭇하고 행복했다.

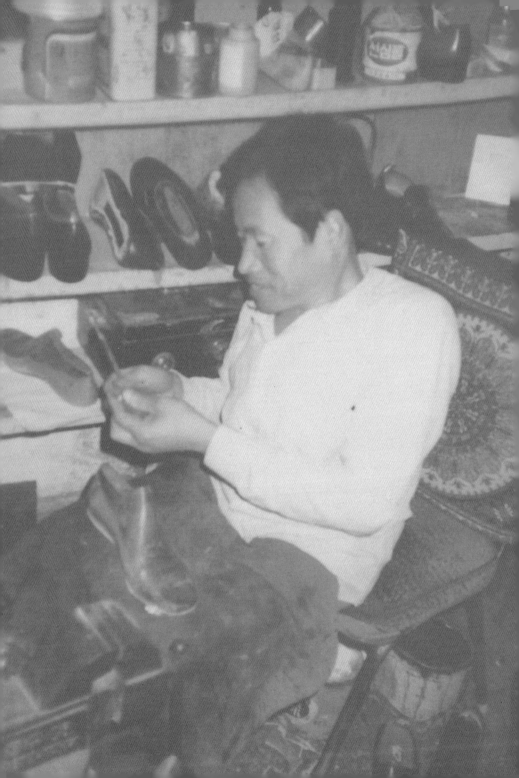

당당한
부모가 되다

그러나 행복의 반대편은 엉뚱한 곳에서 고개를 내밀고 나에게 슬픔과 눈물을 가져왔다. 한 남편의 아내, 두 아이의 엄마로서 힘들고 어려운 일들을 헤치며 하나님 안에서 당당하게 살던 나는 아이들이 커가면서 때때로 조마조마함을 감출 수가 없었다. 그 조마조마함은 가끔 송곳이 되어 나의 가슴을 찌르고 후벼팠다.

어느 날 어린 두 남매의 손을 잡고 시장을 다녀오던 길이었다. 어느 학원 앞을 지날 때였다. 학원이 끝난 시간이었던지 삼삼오오 짝을 지어 학원에서 나오던 어린아이들이 나를 쳐다보는 순간 나를 에워싸고 놀려대기 시작했다. 나의 뒤를 졸졸 따라오면서 계속 놀려대는 아이들의 아우성을 못들은 척하고 지나려 했지만, 나를 에워싼 아이들의 놀림은 그칠 줄 몰랐다. 나 혼자 당하는 놀림이라면 아무것도 아니었다. 지나간 학창시절을 생각하면 어떤 어려움도 나는 아무렇지도 않게 견딜 수가 있었다.

그러나 엄마라는 이유 하나만으로 엄마가 놀림감이 된 모습을 지켜보는 두 아이의 마음을 생각하니 가슴이 찢어지는 것 같았다. 나는 두 아이를 데리고 공간이동이라도 해서 아무도 보지 않는 곳으로 숨어버리고 싶었다. 어린 두 아이에게 너무나 미안했다. 그날 아이들은 집 앞까지 따라오며 나를 놀려댔다. 나는 그날 밤 하나님께 울면서 매달렸다. 제발 아이들의 마음에 상처를 만들지 않는 엄마가 되게 해달라고 빌었다.

미화가 여섯 살이던 어느 날이었다. 집 앞에서 친구와 뛰놀던 미화가 화가 나서 식식거리며 친구에게 소리쳤다.

"우리 엄마, 괴물 아니야. 우리 엄마도 옛날엔 예뻤단 말야."

미화는 울부짖으며 친구에게 대들었다. 아마도 미화 친구가 나를 괴물이라고 놀린 모양이었다. 나는 아이를 키우면서 특히 미화에게 자주 해줬던 말들이 떠올랐다.

'엄마도 옛날엔 예뻤는데 화상을 입어서 장애인이 된 거야. 엄마도 우리 미화처럼 정말 예뻤었단다.'

나는 미화가 엄마의 장애로 고통을 받을까봐 노심초사하며 딸이 현재의 내 모습보다 과거에 예뻤던 엄마를 상상하며 밝게 커가기를 기도했다. 젖을 물리거나 자장가를 불러주면서 늘 같은 말을 중얼거렸는데 미화는 나의 바람대로 엄마를 부끄럽게 생각하지 않은 게 확실했다. 그러니 친구의 놀림에 울부짖으며 대들었던 것이었다.

나는 그날 밤에도 내 자신이 아이들에게 짐이 된다는 사실에 밤새 잠이 오지 않았다. 아이들이 혹시 나의 외모 때문에 놀림을 받을까봐 조마조마했던 일들이 현실로 다가오기 시작한 것이었다. 나의 가슴속에는 초등학교에서 당했던 아이들의 끔찍한 놀림과 학대가 그때까지 지워지지 않는 상처로 남아 있었다. 그러던 차에 미화가 나의 상처 때문에 놀림을 받는 것을 보는 순간, 나는 옛날 내가 놀림감이 되었을 때보다 훨씬 더 괴로웠다.

나는 아이들이 초등학교에 들어가자 더 초조해지기 시작했다. 나는 아이들이 학교에 가면 남편의 가게에 나가 구두수선을 하는 남편의 자잘한 심부름을 하곤 했다. 본드 통도 집어주고, 전화도 받아주고, 남편의 식사도 챙기곤 했다.

어느덧 중학교 1학년이 된 딸 미화가 가게로 친구들을 자주 데려왔다. 딸의 친구가 오면 나는 과자도 사주고, 음료수도 사주며, 미화가 아이들과 잘 지내기를 바랐다. 미화는 명랑하고 똑똑했고, 아이들과도 잘 어울렸다.

그런데 어느 날부터 나는 미화가 가게로 아이들을 데려오는 것이 편치 않았다. 혹시라도 미화의 친구들이 나와 남편의 장애로 인해 놀림을 받지 않을까 걱정이 앞섰기 때문이었다.

나는 어느 날 미화의 친구들이 돌아간 다음 미화에게 말했다.

"미화야, 앞으로는 가게로 친구들을 데려오지 않았으면 좋겠어."

미화가 놀란 눈으로 되물었다.

"왜요? 엄마, 내 친구들이 오면 왜 안 되는데요?"

나는 미화의 물음에 적당한 대답을 찾을 수 없어 머뭇거렸다. 부모의 말이라면 무조건 순종하는 미화가 약간 실망한 표정으로 고개를 끄덕였다.

"알았어요. 엄마가 곤란하면 앞으로는 안 데려 올게요."

미화가 집으로 돌아가자마자 남편이 불같이 화를 냈다. 남편은 미화가 엄마 아빠를 부끄럽게 생각하지 않는 것이 얼마나 자랑스럽냐고 나를 질타했다. 아이들이 가정환경과 부모의 장애로 인하여 얼마든지 세상을 비관하며 방황할 수도 있는데, 미화가 밝게 커가는 것이 얼마나 고마운 일이냐고. 부모가 그런 생각을 하면 아이들이 원망과 불평 속에 살 수도 있다고. 나중에는 문제아가 되어 탈선할 수도 있다며 남편이 나를 호되게 나무랐다.

남편은 덧붙여 말했다. 남편이 나를 따라 교회에 나가게 된 것도, 내가 구김살 없이 아이들을 잘 키우고 있는 모습에 마음이 움직였노라고 말했다.

나는 남편의 말이 하나도 틀린 말이 아니란 사실을 인정했다. 나는 하나님의 말씀 안에서 자녀들이 은혜롭게 커가는 것을 감사하며 늘 기도를 드린 내 모습이 남편의 마음을 움직였다는 사실도 알았다. 모두가 하나님의 깊은 은혜였다.

나는 남편에게 잘못을 사과하고 나서도 마음 한구석에는 늘 그늘이 짙게 드리워져 있었다. 그런데도 아이들은 밝게 자라주어서 얼마나 감사한지 몰랐다.

그 후 미화가 고등학교에 다닐 때였다. 내가 남편의 가게에서 구두를 고치고 있는데 중년쯤 되어 보이는 여자 손님이 음료수 박스를 들고 가게로 들어섰다. 나는 길을 몰라서 물어보러 온 사람인가 싶었다. 구두 수선 가게로 음료수를 들고 찾아올 사람이 있을 리 없었다. 손님은 잠시 머뭇거리더니 미화의 어머님이 맞느냐고 물었다.

나는 어리둥절한 채 고개를 끄덕였다. 음료수를 사들고 온 여자 손님은 미화의 담임선생님이었다. 부모가 자식을 학교에 보내면서 한 번도 학교에 찾아가지 못한 나는 담임 앞에서 죄인처럼 몸 둘 바를 몰랐다.

새학기가 되거나 최소한 학년이 끝났을 때라도 학부모라면 최소한 음료수라도 사들고 담임을 찾아가 인사를 하는 게 순리였다. 그런데 담임선생님이 음료수를 사들고 나를 찾아오다니, 나는 순간 미화가 무슨 잘못이라도 했을까봐 마음이 불안했다.

신학기가 되면 다른 엄마들은 담임을 만나러 학교를 찾아가곤 했다. 담임을 만나서 자기 아이가 학교생활에 잘 적응할 수 있도록 부탁하고 담임과 서로 의견을 주고받는 일은 어쩌면 바람직한 일인지도 몰랐다. 그러나 나는 한 번도 학교에 찾아가지 못했으니 불안한 마음이 드는 것은 당연했다.

담임선생님은 음료수 박스를 내려놓고 나에게 정중하게 인사를 했다.

"꼭 한번 찾아뵙고 싶었습니다. 미화의 부모님이 어떤 분이길래 미화를 저토록 잘 키워주셨을까 해서요."

담임선생님은 약간 쑥스럽게 말했다. 담임은 미화를 통해 나와 남편에 대해 소상히 알고 있다고 했다. 그런데도 구김살 없이 똑똑하고 착한 미화가 얼마나 대견한지 모른다고 말했다. 나는 담임선생님의 말에 눈시울이 붉어졌다. 아이에게 제대로 해준 것도 없는데, 아이는 부모보다 더 자랑스럽게 커가고 있다는 사실이 얼마나 감사한지 몰랐다.

담임선생님은 환경이 좋은 아이들도 나름대로 문제를 일으키는 경우가 많은데, 미화는 아주 어른스럽고 밝고 명랑하게 공부도 잘한다고 칭찬해 주었다. 나는 비로소 미화가 초등학교에 다닐 때 아이들을 데려오지 말라고 말했던 자신이 한없이 부끄럽고 창피했다.

어쩌면 나는 얼굴의 장애보다 마음의 장애를 심하게 앓고 있었는지도 몰랐다.

영모와 미화는 초등학교 때부터 공부도 잘했다. 모든 면에 뒤지지 않고 늘 성적이 우수했다. 상장으로 도배를 할 만큼 부모를 기쁘게 했다. 미화는 여자애인데도 당당해서 웅변대회도 나가 상을 받아오더니 학교 대표로 선발되어 대전까지 가서 실력을 발휘했다.

나는 거울을 볼 때마다 가끔은 결혼 전 부모님과 함께 서울에 있는 큰 병원을 찾아갔던 때가 생각났다. 그때 피부이식 수술을 받았더라면 아이들 때문에 조마조마할 일도 없었을 텐데 하고 생각하다가 얼른 고개를 저었다.

그때 만약 피부이식 수술을 받았더라면 지금의 남편을 만나지 못했을 것이고, 그랬다면 목숨보다 더 귀한 영모와 미화를 어찌 얻을 수 있었겠는가. 나는 아이들을 생각하며 가끔 가끔 바람결처럼 스치는 피부이식수술을, 나와는 아주 먼 나라의 이야기로만 생각하고 있었다.

제 5장

행복의 반대편

나는 1년여에 걸친 피부이식 수술의 고통들을
내 아이들 때문에 모두 참아 낼 수 있었다.

피부이식
수술

어느 날이었다. 시장을 보러 갔다가 식료품을 파는 가게로 들어섰다. 가겟집 아주머니가 그날따라 나의 얼굴을 한참동안 살폈다. 늘 보던 아주머니가 그날따라 왜 내 얼굴을 그토록 살피는지, 창피해서 부끄러운 생각까지 들 정도였다. 나는 얼굴에 뭐가 묻은 줄 알고 무안해서 얼른 가게를 나오려고 돌아설 때였다.

"저어, 애기 엄마. 안타까워서 하는 말인데 내 말 좀 들어봐요."

나는 가슴이 철렁했다. 또 아이들이 나 때문에 무슨 문제가 있는 게 아닐까. 나는 조마조마하며 발길을 멈추었다. 가겟집 아주머니가 다시 입을 열었다.

"살기 좋은 세상인데 그 얼굴로 사는 게 얼마나 힘들겠어."

나는 무슨 말인가 싶어 어리둥절했다. 힘들게 살지 않으면 어쩌란 말인가. 도대체 무슨 말이 하고 싶은 걸까. 나는 가겟집 아주머니가 불난 집에 부채질을 하는 것 같아 기분이 좋지 않았다.

"이리 들어와 잠깐 앉아 봐요."

가겟집 아주머니가 내게 가게로 들어와 잠시 앉으라고 친절하게 말했다. 내가 자리에 앉자마자 아주머니가 동정어린 말투로 입을 열었다.

"애기 엄마를 볼 때마다 너무 안타까워서 마음이 쓰였는데 마침 아는 사람이 있어서 물어봤어요. 읍사무소에 한번 찾아가서 사정을 이야기 해 봐요."

나는 고개를 갸웃거렸다. 아주머니가 다시 말해 주었다.

"어려운 사람들이 무슨 증명서를 떼어 가면 무료로 피부이식수술을 해준대요. 언청이들도 나라에서 무료로 수술을 해준다는데 한번 찾아가 봐요."

"피부이식수술을요? 무료로 해준다구요?"

나는 가슴에서 번개라도 치는 것 같았다. 아주머니가 다시 말했다.

"되든 안 되든 간에 한번 찾아가서 사정을 이야기 해봐요. 내가 듣기로는 무슨 방법이 있다고 하더라구. 꼭 가 봐요. 안타까워서 그래."

나는 진심으로 나를 위해 말해 주는 아주머니에게 고맙다는 인사만 하고 가게를 나왔다.

나는 그날 밤 내내 잠이 오지 않았다. 가겟집 아주머니의 말이 머릿속에서 떠날 줄을 몰랐다.

25년 전의 끔찍했던 그날. 영화에서나 있음직한 화상으로 끔찍한 고통을 견디며 살아온 날들이 눈앞에 선연하게 떠올랐다. 화상의 상처를 끌어안고 열등감 속에 암흑같은 긴 터널을 헤쳐 나오며 얼마나 많은 눈물을 흘렸던가. 다시 돌이키는 것도 커다란 고통이었다. 그날 나는 밤을 꼴딱 새우며 결심을 했다.

'우선 무슨 이야기인지 알아보자. 괜히 가능성도 없는 일을 남편에게 말할 필요가 없어. 다 알아본 다음에 희망이 있는 일이면 그때 말해도 늦지 않아.'

나는 남편을 내보내고 두 아이가 학교에 가자마자 지금의 시청, 그 때의 읍사무소로 향했다.

나의 말을 들은 직원은 우선 장애등급을 확인했다. 남편은 장애 2등급이고 나는 장애 3등급이었다. 직원은 길이 있을지도 모르겠다며 우선 서류들을 준비하자고 했다. 나는 집으로 돌아와 그날 밤 남편에게 말했다. 남편도 기뻐하며 길이 있으면 찾아보자고 말했다. 이튿날 새벽 나는 뜨거운 눈물로 하나님께 기도를 했다.

요한복음 16장 24절이 저절로 머릿속에 떠올랐다.

−지금까지는 너희가 내 이름으로 아무것도 구하지 아니하였으나 구하라! 그리하면 받으리니 너희 기쁨이 충만하리라−

나는 이 구절을 붙잡고 히스기야 왕처럼 눈물로 기도했다.

"하나님 아버지! 저 고쳐주십시오. 이 못난 엄마로 인하여 두 아이가 마음의 상처를 받고 있습니다. 하나님, 저 수술할 수 있도록 길을 열어 주십시오. 완전히 옛모습으로는 돌아갈 수 없겠지만, 저의 아이들이 저로 인해 고통을 안고 살아가지 않게 해주세요. 하나님께서 길을 열어 불쌍한 저를 고쳐주십시오"

하나님께서는 구하면 열릴 것이라고 마태복음에서도 분명히 말씀하셨다.

–구하라! 그리하면 너희에게 주실 것이요, 찾으라! 그리하면 찾아낼 것이요, 문을 두드리라! 그리하면 너희에게 열릴 것이니–

나는 마태복음 7장 7절에 말씀하신 하나님의 약속을 굳게 믿으며 희망을 갖기 시작했다.

며칠 후 읍사무소에서 연락이 왔다. 모든 서류를 준비해서 병원에 갈 수 있도록 해주겠다는 전화였다. 나는 꿈을 꾸는 것 같았다. 서류들을 받아들고 그분들의 말씀대로 1차, 2차 병원을 찾았다. 1차에 이어 2차 병원에서 소견서를 받아들고 며칠 후 충남대학병원을 찾아갔다.

내가 다니는 교회에서도 모두 나를 위해 기도해 주겠다고 했다. 나를 본 의사선생님은 왜 더 일찍 오지 않고 이제서 왔느냐고 하면서, 예쁘게 고쳐 줄 테니 걱정하지 말라고 말했다.

"강석란 씨, 피부이식 수술은 고통스러워요. 자신의 피부를 떼어내 이식을 하려면 한 번에 끝나는 게 아닙니다. 여러 번 아주 심한 고통을 참아내야 해요. 참을 수 있겠지요?"

나는 무조건 고개를 끄덕였다. 아무리 아파도 아이들을 위해 참아야 했다. 물론 나도 예뻐지고 싶었다. 그러나 우선은 아이들을 위해서 결심했다.

의사선생님께서 수술날짜를 정해 주었다. 나는 새로운 세상에 발을 들여놓는 것처럼 설??다. 집으로 돌아와 수술을 받기 위해 두 아이들을 친정어머님께 맡겼다. 남편과 함께 하나님께 감사 기도를 드리고 드디어 병원으로 향했다.

남편과 친정오빠와 함께 직행버스에 몸을 싣고 충남대학 병원까지 가는 길에 나는 지나온 기나긴 고통의 터널이 끝이 되기를 간절히 기도했다. 화상을 입기 전의 예뻤던 모습으로 돌아가리라고는 기대하지 않았다. 그러나 나의 작은 소망이 있다면 나도 남들처럼 고개를 들고 하늘을 바라보고 싶었다. 밤하늘에 떠 있는 별도 셀 수 있고, 하늘에 떠가는 구름들도 바라보고 싶었다. 그 바람들은 평범하게 살아가는 사람들은 아무것도 아닌 일상일 뿐이었다.

내가 희망을 버리지 않는 한 희망은 나를 버리지 않을 것이라 믿으며 하나님의 은혜로 밝은 미래를 맞이할 수 있게 되기를 간절히 바랐다. 나는 아무리 큰 두려움과 아픔으로 고통스럽다고 해도, 화상을 당하고 누워있던 그 시절의 고통에 비하면 행복하다고 스스로를 달래며 하나님께 매달렸다.

병원에 도착해서 나의 수술을 담당할 의사를 만났다. 의사는 새로운 세상을 살아갈 수 있도록 최선을 다해 줄 테니 이제는 걱정하지 말라고 말했다.

모든 검사를 마치고 금식표를 달아놓은 침대에서 첫 밤을 지냈다. 아침 일찍부터 의료진들이 분주하게 움직였다. 나의 몸에는 몇 개인지 셀 수도 없을 만큼 주사바늘이 꽂히고 수액들이 주렁주렁 매달렸다. 수술실로 들어가기 위해 병실을 나왔다. 나는 오로지 아이들만 생각했다. 남편과 오빠가 침대를 밀어주며 수술실 앞까지 따라왔다. 오빠가 내게 말했다.

"다 잘 될 거야. 아무 걱정하지 말고 수술 잘 받자."

수술실 문이 열리자 남편이 나의 손을 꼭 잡으며 말했다.

"기다리고 있을게요. 힘내요."

드디어 수술실 문이 열리고 나는 수술실 안으로 들어갔다. 수술복을 입은 의사들이 내 옆으로 모여들었다. 주사나 침을 보면 무서워서 덜덜 떨던 내가, 그날은 어찌나 담담한지 스스로도 놀랄만큼 미음이 평온했다.

드디어 마취가 시작되었다. 나는 마음속에 하나님이 함께 계시다는 걸 온 몸으로 느끼면서 잠속으로 빠져들었다.

아이들 때문에
살아야 해요

얼마나 시간이 지났을까? 잠에서 깨어보니 수술이 끝났다고 했다. 온 몸이 칼로 찌르는 듯 아팠다. 잠깐인 것 같았지만 11시간이나 걸린 대수술이었다. 마침내 말로만 듣던 피부이식수술을 받은 것이었다. 회복하면서 느끼는 아픔은 말로 다 표현할 수가 없었다.

처음에는 붙어버린 턱과 목을 분리하는 수술이었다. 오른쪽 대퇴부에서 살을 떼어 목을 만들었다고 했다. 상처가 아무는 동안 나는 죽음보다 더 큰 고통을 참아내야 했다. 자신만을 위해서라면 그 고통들을 참아내지 못할 것 같았다. 오로지 영모와 미화만 생각했다. 죽지는 않겠지. 아무리 아파도 영모와 미화를 생각해서 참자. 참자. 나는 까무러칠 정도로 아프면 주문처럼 아이들의 이름을 부르며 고통을 견뎌냈다.

두 번째 수술은 배에서 피부를 떼어내 턱과 입술을 만들었다. 그리고 왼쪽 다리에서 살을 떼어 배에 붙이는 대장정의 수술이 계속 이어졌다. 수술 후 마취에서 깨어날 때마다 죽음 같은 고통을 참아내야 했다. 입원과 퇴원을 반복하며 거의 1년 동안 고통의 나날들이 계속되었다.

배에서 살을 떼어 피부이식 수술을 받았을 때였다. 침대에서 꼼짝도 못한 채 누워있던 나는 가슴이 답답해 숨을 쉴 수가 없었다. 수술 부위에 모래주머니를 올려놓았는데, 그 모래주머니가 얼마나 무거운지 숨이 곧 막힐 것 같았다. 나는 그대로 있으면 곧 숨이 막혀 죽을 것만 같았다. 입술을 만드는 수술을 받아서 말도 할 수 없을 때였다. 나는 있는 힘을 다해 모래주머니를 조금씩 조금씩 몸으로 밀어내기 시작했다. 마치 달팽이가 큰 집을 지고 느릿느릿 기어가듯 온 몸을 아주 천천히 가까스로 움직이며 모래주머니를 밀고 또 밀어냈다.

저녁때가 되어서야 숨을 제대로 쉴 수 있었다. 나는 제대로 숨을 쉬니 살 것 같았다. 그런데 잠시 후부터 점점 정신이 아득해졌다. 하얗게 보이던 병실의 천장이 노란 색으로 변하는 것 같았다. 어느 순간 정신이 가물가물하더니 어딘가로 깊이 깊이 빠져드는 것 같았다. 나는 헛소리처럼 중얼거렸다.

"살려주세요. 나 살아야 돼요. 제발 살려주세요."

그러나 말소리가 제대로 나오는지 어떤지 알 수가 없었다. 내 말소리가 모기 소리처럼 앵앵거렸다. 그때 어떤 목소리가 어렴풋이 들렸다.

"강석란 씨, 왜 살고 싶지 않아요?"

나는 온 힘을 다해 대답했다. 자신이 들어도 무슨 말인지 알수가 없었다.

"살려 주세요. 우리 애들 땜에 살아야 해요. 살려주세요."

희미한 대답이 들리는 것 같았다.

"살고 싶은 사람이 왜 모래주머니를 밀어냈어요? 지금 얼마나 출혈이 심한지 알기나 해요? 출혈로 죽을 뻔했다구요!"

나는 까무룩 정신을 놓은 것 같았는데 잠시 후부터 조금씩 정신이 돌아왔다. 내가 밀어낸 모래주머니는 출혈을 막기 위해 피부를 떼어 낸 부위에 혈관을 압박하려고 놓은 것이었다. 나는 그것도 모른 채 숨쉬기 힘들다고 그 모래주머니를 있는 힘을 다해 밀어냈고, 그 결과 출혈이 시작되어 침대 밑으로 피가 흥건하게 고였다고 말했다. 나는 출혈을 너무 많이 해서 빈혈로 쇼크사 직전까지 갔었다는 것을 나중에야 알았다.

병간호는 시어머님과 남편이 번갈아가며 교대로 해주었다. 몇 번의 수술이 끝난 어느 날, 드디어 휠체어를 타게 되었다. 나는 휠체어를 타고 화장실로 갔다. 수술 후에 내 얼굴이 어떻게 변했는지 얼른 확인하고 싶었다. 화장실에 들어가 거울 앞에 선 순간 나는 떨려서 거울을 마주 볼 수가 없었다. 한참동안 마음을 가라 앉히고 드디어 거울 속에 비친 내 얼굴을 확인했다.

거울 속에는 물에 퉁퉁 불은 끔찍한 얼굴이 나를 바라보고 있었다.

큰 기대를 하며 바라본 내 얼굴은 너무나 실망스러워 저절로 눈물이 터져나왔다. 기대하던 모습이 전혀 아니었다. 입술도 퉁퉁 부어 그동안 몇 번에 걸친 수술을 받으면서 참아낸 고통이 허무했다.

나는 병실로 돌아와 시트를 덮어쓰고 한없이 울었다. 의사가 들어와 왜 우느냐고 물었을 때 나는 의사가 원망스러웠다.

"강석란 씨, 시간이 필요해요. 이제 부기도 빠지고 이식한 피부가 제자리를 잡으면 훨씬 좋아집니다. 걱정하지 마세요."

나는 의사의 말을 들은 후에야 마음이 진정되었다. 나는 스스로에게 초조해하지 말자고 다짐했다.

하루하루 회복되는 것이 눈에 보였다. 부기도 조금씩 빠지고 통증도 점점 줄어들었다. 회진을 돌던 의사가 나에게 말했다.

"강석란 씨, 빨리 집에 가고 싶으면 열심히 운동하세요."

나는 아이들을 빨리 만나고 싶어 열심히 운동을 했다. 그런데 운동이 너무 지나쳤던 것일까? 오른쪽 다리가 아프기 시작했다. 금세 열이 펄펄 끓었다. 다시 검사가 시작되었다. 무리한 운동으로 피부를 봉합한 부분에 물이 찼다고 했다. 나의 치료는 다시 후퇴를 해야만 했다. 죽음 같은 고통의 순간을 또 견뎌야 했다.

그러나 고통의 순간에도 아이들이 면회를 하고 간 날은 힘이 솟았다. 나에게 아이들은 영원한 행복의 화수분이었다.

점점 고통의 강도가 약해지면서 시간은 흘러갔고 차차 회복의 속도는 가속도가 붙었다.

드디어 퇴원하는 날, 남편과 아이들이 나에게 말했다.

"엄마, 축하해요."

나는 아이들을 끌어안았다. 뜨거운 눈물이 한없이 흘러내렸다.

"이제 하늘을 맘껏 올려다보며 살아라."

친정엄마도 나의 목과 얼굴을 매만지며 감격에 겨워 말했다. 나는 비로소 거울 앞에 서서 담담하게 내 얼굴을 마주할 수 있었다. 사고를 당하기 전의 모습은 아니지만, 수술 전보다는 비교할 수 없을 만큼 좋아졌다. 세상 속에서 평범하게 살아갈 수 있는 것만으로도 더 없이 행복했다. 남편과 아이들이 없었다면 도저히 견딜 수 없는 큰 고통이었지만, 모두 참아낼 수 있는 힘은 가족의 사랑이었다.

입술도 만들어 그때까지 해 보지 못한 립스틱을 바를 수 있는 것만도 얼마나 기쁜지 몰랐다. 아랫니도 모두 제거하고 틀니로 바꾸었다. 나는 수술 후, 마음껏 고개를 들어서 하늘을 바라보는 것만도 꿈만 같았다.

남편 건강의
적신호

　내가 피부이식 수술을 받은 후에 남편은 좀 넓은 가게로 옮길 수 있었다. 일거리도 늘어나 나는 남편 옆을 떠나지 않고 일을 도왔다. 피부이식수술도 무사히 끝났고, 가게도 넓은 곳으로 옮긴 나는 이제야 살맛이 나는 것처럼 행복했다.

　1999년 어느 날이었다. 남편이 자주 피로를 느끼기 시작했다. 어떤 날은 숨도 가빠하고, 어떤 날은 식은땀을 흘리면서 미열이 내릴 줄을 몰랐다.

　나는 남편의 건강이 아무래도 불안했다. 어느 날 병원에 가지 않겠다는 남편을 졸라서 병원을 찾았을 때였다. 의사는 남편의 심장과 폐가 좋지 않다고 했다. 병명은 심부전증이었다. 남편은 그 후로 병원에 다녔지만 수술로 치료할 수 있는 병이 아니라며 지켜보자는 말 뿐이었다.

남편은 그런대로 건강을 유지하면서도 가끔 증상이 악화될 때마다 서산의료원에서, 때로는 천안에 있는 순천향병원에서 자주 입원 치료를 받곤 했다.

남편이 병원에 입원할 때마다 나는 몸이 열 개라도 부족할 정도로 바빴다. 낮에는 구두가게에서 남편이 미처 하지 못한 구두를 수선하고 저녁이 되면 일찍 가게 문을 닫고 병원으로 달려가야 했다. 버스에서 김밥 한 줄로 저녁을 때우고 남편의 병실로 들어서면 남편은 늘 같은 말을 했다.

"피곤한데 뭐하러 왔어요."

남편은 겉으로는 그렇게 말하면서도 저녁때가 되면 내가 오는 길 쪽을 바라보며 나를 기다린다고 옆에 있는 사람들이 말해 주기도 했다.

나는 병원에 있는 동안 늦게까지 남편의 시중을 들고 보조의자에서 새우잠을 자고는, 이튿날 새벽에 병원 문을 나섰다. 서산행 첫차를 타기 위해 곤히 자는 남편을 뒤에 두고 종종걸음을 칠 때마다, 차마 발길이 떨어지지 않았다.

아침 안개가 자욱한 새벽길을 달릴 때면 때때로 옛날 생각에 남편의 건강이 더더욱 염려되곤 했다. 남편은 몸만 장애일 뿐 성실하고 좋은 사람이었다. 남편을 만나 얻은 영모와 미화는 세상에서 가장 소중했다. 이제 살만 하다고 생각되는 즈음에 병상에 있는 남편이 얼마나 안타까운지 몰랐다. 병상에 남편을 눕혀놓고 서산에 도착해서 터미널에 내릴 때는 휘청휘청 발걸음이 비틀거렸다.

남편은 입원과 퇴원을 반복하는 동안 점점 더 병세가 깊어졌다. 얼마 후 일밖에 모르던 남편이 의사에게서 시한부인생이란 판정을 받고 일손을 놓을 수밖에 없었다.

나는 앞이 깜깜했다. 시한부인생이라는 말에 하늘이 무너지고 땅이 꺼진다는 말을 실감할 수 있었다. 그 후 얼마 지나지 않아 남편은 산소통이 없이는 숨을 쉴 수가 없었다. 그때는 IMF로 인하여 주변의 많은 사람들이 일자리를 잃고 힘들어 하고 있을 때였다. 한 손 밖에 쓸 수 없는 나에게는 취직이란 단어가 생경할 수밖에 없었다. 식당에 가서 설거지라도 하고 싶었지만 한 손 뿐인 나를 써주는 곳이 없었다. 경제력이 없으니 장사도 할 수 없었다.

한순간에 고등학생, 대학생 남매를 둔 가정에 가장이 된 나는 한치 앞이 보이지 않았다. 남편이 병으로 자리에 눕게 될 줄을 미리 알았더라면, 부지런히 구두수선이라도 배워놓았을 텐데, 아무리 후회해도 이미 때가 늦어버렸다. 두 손이라도 멀쩡하면 식당일이라도 할 수 있을 텐데 설거지 하는 자리도 나를 써주지 않았다.

나는 몇 날을 기도하면서 앞날을 어떻게 헤쳐나가야 할지 생각해 보았으나, 어두운 긴 터널이 다시 이어지려는 것 같아 두렵기만 했다.

남편이 가게를 나갈 수 없게 되니 가게를 정리하라고 했다. 그러나 나는 가게 문을 계속 열기로 결심했다.

"내가 구두를 고쳐볼게요. 가게 문은 닫지 않을래요."

나의 말에 남편은 고개를 저으며 말했다.

"구두 수선이 장난인 줄 알아요? 남자도 하기 어려운 구두수선을 여자가 어떻게 한다구요? 더구나 당신은 한 손 밖에 쓸 수 없는데 안 돼요. 내 말대로 가게 정리해요."

하지만 나는 다른 길이 보이지 않았다. 그동안 남편 옆에서 일손을 도우며 잔심부름을 했기에 구두를 고치는 일이 그리 어렵게 생각되지는 않았다. 내가 해보겠다고 조르니 남편은 마음이 아프면서도 막지는 않았다.

나는 이튿날부터 혼자서 가게 문을 열었다. 어떤 손님이 들이닥칠지 가게 문을 여는 순간부터 불안했다. 남편 옆에서 한 치 건너 바라볼 때와, 직접 일을 하는 것은 천지차이였다.

손님을 대하는 일이라 더 힘이 들었다. 구두를 맡겨놓고 가는 손님이면 혼자서 정성을 다해 고치면 되었는데, 구두를 수선하는 동안 기다려야 하는 손님이 나의 일거수일투족을 지켜보고 있을 때는, 긴장을 해서 그런지 마음처럼 잘 고쳐지지 않았다. 그때마다 등에서 식은땀이 흘렀다. 똑같이 망치질을 해도 못이 구부러지고 뒤축 옆으로 삐져나오기 일쑤였다.

구두 뒤축을 갈 때는 서툰 칼질로 손을 베이기 일쑤였다. 바늘로 찔리고, 망치로 짓찧고, 곳곳에 멍이 들어 나의 손에는 상처가 끊일 날이 없었다.

집에 들어가면 산소통에 의지해 숨을 쉬는 남편이 나의 손을 보고 한숨을 쉬곤 했다. 남편은 내가 아플까봐, 밥도 하고, 빨래도 하고, 집안일을 거들었다. 나는 그런 남편이 얼마나 고마운지 몰랐다. 나는 가게 문을 닫고 들어가서도 구두수선하는 법을 남편에게 배웠다. 가게에 있는 헌 구두를 날마다 집으로 가지고 들어와 내 손으로 못 고치는 곳들을 제대로 고칠 때까지 쉬지 않고 연습했다. 이상한 것은 남편과 똑같이 구두를 닦아도 남편이 한 것처럼 광이 나지 않았다. 속상해서 연습을 하는 나를 보고 남편은 조급해 하면 더 안 된다고, 안되는 게 당연하다고 말했다.

"어떻게 나처럼 되기를 벌써 바래요? 나는 30년을 구두와 함께 산 사람이에요. 당신은 그래도 잘하는 거예요. 자꾸 초조해 하면 더 안 돼요."

남편은 자상하게 가르쳐주면서 나를 격려했다. 남편은 일을 가르쳐주면서 때때로 나에게 미안하다며 울먹일 때도 있었다. 나는 그럴수록 남편을 안심시키고 싶어 더 열심히 매달렸다.

하루는 가게에서 구두를 고치고 있는데 젊은 새댁이 구두를 가지고 와서 닦아 달라며 세 켤레를 내놓았다. 저녁때 찾으러 온다며 갔는데 나는 하던 일을 밀쳐놓고 그 구두부터 닦기 시작했다. 우선 먼지를 깨끗이 털고 애벌 구두약을 발랐다. 남편이 하던 순서를 늘 보아온 터라 얼른 닦아놓고 하던 일을 하려던 참이었다.

구두약을 칠한 다음 솔로 구두 전체를 문질렀다. 이제 손으로 약을 칠할 차례였다. 손가락에 구두약이 묻었지만 구두 일을 하려면 손에 약을 묻히지 않고는 할 수가 없었다. 나는 남편이 일하던 모습을 떠올리며 열심히 손가락으로 약을 칠했다. 구두약을 너무 발라도 광이 나지 않았다. 알맞게 펴 바르면서 손가락으로 구석구석 골고루 마찰하듯 발라야 했다.

나는 이런 일만 있다면 너무 좋겠다는 생각으로 구두약을 다 발라놓고 약간 시간을 두고 나머지 구두들을 똑같은 순서로 손질을 했다. 이제 광을 낼 차례였다. 구두약이 묻어있는 천을 양손으로 잡고 잘 문질러야 마찰이 잘 되어서 반들반들 광택이 났다.

나는 왼손이 온전치 않으니 광내는 일이 훨씬 힘들었다. 한참 동안 광을 내느라 마찰을 하니 오른팔이 아프기 시작했다. 세 켤레를 다 닦고 나니, 팔도, 등도, 어깨도, 안 아픈 곳이 없었다. 그래도 다 닦고 나니 보람이 느껴졌다.

나는 다 닦은 구두를 봉투에 담아놓고 하던 일을 다시 시작했다. 남편이 워낙 구두를 잘 고쳤기 때문에 일감이 늘 쌓여 있어서 잠시도 쉴 틈이 없었다.

오후가 되어 세 켤레를 닦아 달라던 새댁이 구두를 찾으러 왔다. 나는 봉투에 담아놓은 구두를 내주고 돈을 받았다.

내 손으로 일을 하고 돈을 받을 때면 나는 새로운 기쁨을 느끼면서 새삼스럽게 남편에게 고마운 마음이 절로 들었다.

어느새 하루가 저물어 가게 문을 닫으려고 할 때였다. 구두를

닦아 달라고 맡겼던 새댁이 급하게 가게로 들어오며 물었다.

"아줌마, 이 구두 닦은 거 맞아요?"

"그럼요. 닦았으니까 드렸죠."

내가 자신있게 말하니까 새댁이 화를 내며 구두를 꺼내더니 다짜고짜 나를 몰아세웠다.

"아니, 아줌마. 일을 하려면 제대로 해요. 세상에. 내가 닦아도 이보단 더 광이 나겠네. 받은 돈 도로 돌려주세요."

나는 할 말이 없었다. 구두를 닦을 때는 몰랐는데 새댁이 가져 온 구두를 보니 정말 광이 제대로 나지 않았다. 나는 할 수 없이 미안하다며 받은 값을 되돌려 주었다.

새댁이 돌아간 다음 나는 내 자신이 얼마나 한심한지 몰랐다. 남편 옆에서 오랜 동안 남편을 도왔는데도 구두 하나를 제대로 닦지 못하다니 기가 막혔다. 가게 문을 닫고 터덜터덜 집에 들어 갔더니 남편은 나를 보고 대뜸 물었다.

"당신, 무슨 일 있었나요? 뭐가 잘 안됐군요."

나는 남편의 물음에 눈물부터 나왔다. 나는 구두 일을 시작하 고 나서 전보다 더 남편이 위대해 보였다. 남편은 나의 말을 듣 고 기술이 하루아침에 안 될 거라고 조급하게 생각하지 말라고 했다. 나는 구두를 고치기 전에 구두 닦는 기술부터 갈고 닦아야 했다. 남편이 말했다.

"광을 낼 때는 물광이 있고 불광이 있는데, 불로 내는 광은 좋 은 게 아니에요. 힘이 들어도 물광이 좋아요. 묘수가 없어요. 그저 손에 길이 드는 수밖에."

남편은 나를 가게로 내보내고 산소 호흡기에 의존하면서도 집 안 살림을 다했다. 남편이 몸져 누워 있는 곳은 어렵게 마련한 온전한 집이었다. 결혼 후 이사를 일곱 번이나 다니는 동안 월세 방에서 전세로 전전긍긍했다. 집이 얼마나 초라했던지 어느 날은 지나가는 사람이 우리 집을 화장실인 줄 알고, 문을 열었다가 깜짝 놀라 달아나기도 했다.

남편이 산소통을 옆에 놓고 살아야 하는데 월세 방을 전전하지 않게 된 것만도 천만다행이었다. 남편은 통증을 자주 호소하면서도 식구들에게 부담을 주지 않으려고 내가 일을 하고 들어가면 애써 편안한 모습으로 맞아주곤 했다.

더구나 내가 퇴근해서 집에 가면 남편은 기운도 없는 몸으로 따끈한 저녁밥을 지어놓고 나를 기다리곤 했다. 어떤 날은 밤중에 자다가 통증이 몰려오면 곤히 자는 식구들을 깨우지 않으려고 목욕탕에 들어가서 세탁기에 성경책을 놓고 읽다가 쓰러지기도 했다. 남편은 그렇게 자신의 고통을 참으면서 식구들을 배려했다.

시장통에서 구두 일을 하고 있는 박씨 아저씨는 남편이 일을 못하게 되면서부터 내가 못 고치는 구두가 들어왔을 때마다 자상하게 가르쳐 주었다.

어느 날 나는 굳게 결심을 했다. 하루 이틀 하다 말 것도 아닌데 언제까지 남의 손을 빌어 구두를 고칠 수는 없었다. 그래서 생각해 낸 방법이 집에 가서 남편에게 일일이 방법을 물어서 실습을 해보는 것이었다. 나는 남편의 정성을 생각하며 하루 하루 구두수선공이 되어 가고 있었다.

아이들의
진로

아들이 대학을 앞두고 수능시험을 준비하던 때였다. 어느 날 아들이 학교에서 돌아와 나와 남편 앞에 무릎을 꿇었다. 나와 남편은 무슨 일일까 하고 가슴이 조마조마했다. 아들이 입을 열었다.

"신학교에 갈 수 있도록 허락해 주세요."

아들은 조금의 망설임도 없이 말했다. 그렇게 말하는 걸로 보아 오랜 시간을 두고 생각해 온 듯했다. 아들은 하나님의 종이 되어 사회에 봉사하며 살겠다는 것이었다.

남편은 아무 말 없이 산소호흡기를 끼고 벽에 기대어 앉았다. 나는 아들을 쳐다보며 할 말을 잃었다. 헛웃음이 절로 나왔다. 나는 애써 감정을 다독이며 아들에게 말했다.

"지금 집안 형편을 누구보다 잘 아는 네가 어떻게 그런 생각을 할 수 있니? 너는 우리 집 기둥이야. 가정을 짊어지고 돌봐야 할 네가 어떻게 그런……."

나는 더 이상 말이 나오지 않았다. 아들이 처음으로 원망스러웠다. 머리도 좋고 공부도 잘하는데, 빨리 공부를 마치고 좋은 직장에 들어가서, 가정경제를 짊어질 줄 알았던 아들이 야속한 생각부터 들었다.

"나는 네가 아르바이트라도 해가면서 좋은 대학에 들어가서 열심히 공부하기를 바랐다. 그런데 신학교에 가서 수업료는 어떻게 해결하려고 하니?"

나는 믿었던 아들이 너무나 철딱서니 없게 보였다. 아들이 아무렇지도 않게 말했다.

"하나님께서는 공중의 나는 새도, 들의 백합화도 먹이시고 입히시는데 우리 가족의 앞길도 다 준비해 놓으셨을 거예요. 걱정하지 마시고 허락만 해주세요."

아들은 허락이 떨어지기 전에는 자리에서 일어나지 않겠다는 듯 꼼짝도 하지 않았다. 나도 성경말씀을 다 알고 있었지만 내 아들 일은 직접적으로 적용되지 않을 때도 있었다. 내가 대답을 못하고 머뭇거릴 때였다. 때마침 김포에 사는 시동생이 형의 병세를 살피러 왔다. 시동생도 조카인 영모의 결심을 듣고 실망스러워하며 말했다.

"영모야, 아버지도 지금 위중한 상태인데 네가 가정을 이끌 생각을 해야지. 엄마가 얼마나 힘들까 생각한다면 그래서는 안 된다. 네가 신학교를 가지 않는다면 삼촌인 내가 대학등록금은 물론 대학원까지 책임을 질게. 다시 생각해 봐."

나는 시동생이 얼마나 든든한지 몰랐다.

그러나 아들의 마음은 돌아서지 않았다. 그 후 아들은 나를 대할 때 약간 불편해 하는 것 같아 속이 상했다.

그러던 어느 날이었다. 아들이 새벽마다 신문배달을 하고 있다는 말을 이웃에 사는 아주머니가 해주었다. 나는 수능시험을 앞두고 공부에만 전념해야 할 아들이 더욱 더 실망스러웠다. 신문배달을 한다는 말을 믿고 싶지 않았지만 사실이었다. 나는 하루 종일 일이 손에 잡히지 않았다. 나는 일찍 집에 돌아와 아들이 들어오기만 기다렸다. 아들을 조용히 불러놓고 차근차근 이야기를 나눠보고 싶었다.

아들이 들어오자마자 나는 아들을 불러 앉혔다.

"신문배달을 한다는 게 사실이니? 네가 지금 수능을 앞두고 있는데……."

나의 안타까운 호소에도 아들은 흔들림이 없었다. 아들은 엄마가 신학교에 가는 것을 반대하니 공부가 머리에 들어오지도 않는다고 불평했다. 그래서 머리를 식히기 위해 새벽 일찍 일어나 신문배달을 하고 있노라고 대답했다. 나는 수능시험이 얼마 남지 않았는데 아들에게 무슨 말로 설득해야 하나 난감하기 그지없었다.

나는 고민 끝에 아들에게 말했다.

"영모야, 남은 기간 동안 열심히 공부해서 수능시험을 잘 본다면 신학교 가는 것도 그때 가서 다시 얘기해 보도록 하자."

아들은 나의 말이 끝나자마자 자리에서 벌떡 일어나 나를 안고 빙글빙글 돌면서 어쩔 줄을 몰라 했다.

"엄마 고마워요. 허락해 주셔서 감사해요."

나는 그 순간 아들의 모습에서 신학교를 간다던 말이 진심이라는 걸 느낄 수 있었다. 아들의 눈빛이 너무나 반짝거렸다. 너무 기뻐하는 아들의 모습을 보며 아들도 주 안에서 하나님을 사랑하고 있었다는 걸 충분히 느낄 수 있었다. 나는 아들이 신학교에 가는 것을 반대하면 할수록 그것은 아들의 마음만 아프게 할 뿐이라는 확신이 들었다.

나는 가정을 혼자 이끌어가는 게 버거워 아들에게 서운한 마음을 가졌던 것이 오히려 하나님 앞에 부끄럽게 느껴졌다. 결국 아들이 신학교에 가려고 하는 것은 내가 열심히 믿음 생활을 하며 아들을 키웠으니 당연한 일인지도 몰랐다.

그 후 아들은 열심히 공부해서 군포에 있는 한세대학교 신학부에 특차로 합격을 했다. 목사님께서도 축하해 주시면서 입학금을 비롯하여 졸업 때까지 전 수업료를 지원해 주겠다고 단 위에서 말씀하셨다.

하나님께서 준비하실 테니 신학교에 갈 수 있게 허락만 해달라던 아들의 고백을 하나님이 들으시고 준비하신 것 같아, 나는 살아계신 하나님께 모든 영광을 돌렸다.

아들은 대학교에 입학을 하기 위하여 기숙사로 향하던 날 몸이 몹시 쇠약해진 제 아빠를 걱정하면서 나에게 신신당부를 했다.

"엄마, 아빠 몸에 이상이 있으실 땐 꼭 119를 기억하세요."

아들은 아빠 곁을 지키지 못하게 된 것을 아쉬워하면서 눈시울을 적셨다.

그 후 딸 미화가 대학수학능력 시험을 앞두고 있었다. 그런데 딸 미화도 오빠의 뒤를 이어 신학교에 가겠다고 선포하듯 말했다. 그런데 이번에는 아들이 반대를 하고 나섰다. 여자가 신학을 해서 무엇을 하겠냐는 아들의 말에 딸은 당당하게 대답했다.

"오빠, 나도 하나님께 기도하는 중에 하나님과 약속을 했어. 나는 커서 우리 목사님 사모님처럼 훌륭한 사모가 될 거야."

나는 할 말이 없었다. 한편으론 기쁘고 한편으론 공부를 잘하던 아들과 딸이 아까운 생각도 들었다. 그러나 곧 하나님을 섬기며 사는 일보다 더 영광스러운 일이 없다는 것을 깨닫고 고개를 끄덕였다. 딸은 오빠의 반대에도 불구하고 끝내 오빠가 다니고 있는 신학교에 입학했다. 아들은 대학졸업과 동시에 신학대학원에 입학을 했다.

나는 모든 것을 하나님의 은혜로 받아들이며 감사하며 살기로 했다. 하나님께서는 두 남매를 목회자의 길로 인도하셨다. 신학대학원을 졸업한 아들은 주일마다 서산으로 내려와 서산순복음교회에서 전도사로 사역을 하고 다시 학교로 올라가곤 했다. 그

렇게 할 수 있었던 것은 목사님께서 기도와 더불어 물심양면으로 도와주어서 가능한 일이었다. 그 후 딸도 똑같은 대학원에서 신학을 공부했다.

실수로 배우는
교훈들

어느 날 60대쯤 보이는 아줌마가 가게로 들어왔다. 아줌마의 차림새는 꽤 넉넉해 보였다. 아줌마는 내가 일하는 모습을 잠시 살피더니 오후에 찾으러 오겠다며 돌아갔다. 구두는 거의 새것이나 다름없어 보였는데 뒤굽이 닳아 있었고, 바닥창이 견고하지 못해 얼마 후면 떨어질 것 같았다. 나는 뒤굽은 나중에 갈기로 하고 우선 서비스 차원에서 바닥창이 떨어지지 않게 본드를 붙여서 단단하게 해주고 싶었다. 나는 바닥을 붙이고 마무리를 하려고 살짝 라이터 불을 대는 순간 구두에서 연기가 솔솔 피어났다. 나는 깜짝 놀라 살펴보니 이미 구두 한쪽이 살짝 눌어붙어 있었다.

나는 그때부터 가슴이 쿵쾅거렸다. 언뜻 보기엔 가죽처럼 보였는데 알고 보니 가죽이 아니라 합성비닐이었다. 가죽인 줄 알고 불을 가까이 한 것이 화근이었다. 나는 어찌해야 좋을지 그 순간부터 일이 손에 잡히지 않았다.

'바보야, 가죽인지 합성비닐인지 그것도 구분 못하고 무슨 구두를 고친다고.'

스스로에게 아무리 탓해 봤자 이미 엎질러진 물이었다. 나는 눌어붙은 자국이 있는 구두를 이리저리 돌려가며 온갖 상황을 다 상상했다.

'아무 말도 하지 말고 모른 체 할까. 아니야. 그러다 눌어붙은 것을 알면 날 뭘로 보겠어. 하나님을 믿는 내가 속임수를 쓰려 하다니.'

나는 고개를 절레절레 흔들었다. 아줌마가 오면 사실대로 말하고 용서를 구하겠다고 마음을 먹었다.

'그런데 다른 손님이 있을 때 오면 어떡하지? 신용이 떨어지면 앞으로 지장이 많을 텐데. 가뜩이나 남편의 기술을 믿고 찾아온 사람들이 남편이 일을 못하게 된 것을 알고 고개를 갸우뚱거리는데 어쩌면 좋을까. 제발 아무도 없을 때 찾으러 왔으면……'

나는 다른 구두를 고치면서도 그 구두 때문에 자꾸만 실수를 연발했다. 드디어 저녁 무렵 아줌마가 찾아왔다. 내가 바란 대로 다른 손님이 없을 때여서 천만다행이었다. 나는 아줌마를 보자마자 구두를 내보이며 나의 실수를 상세하게 말했다. 창피하기도 했고 속도 상해서 금세 눈시울이 젖어들었다.

나는 돈을 받지 않을 테니 제발 양해해 달라고 말했다. 그리고 남편이 앓아누워서 자신이 용기를 내어 구두 일을 시작했는데, 아직 서툴러서 그러니 너그럽게 이해해 달라고 말했다. 나의 얘기를 들은 아줌마가 아무렇지도 않게 말했다.

"괜찮아요. 언뜻 봐선 보이지도 않는데 뭘 그래요. 너무 그러니까 내가 더 미안해지네. 괜찮아요. 얼마예요?"

나는 고개를 저었다. 그냥 가시라고 말했더니 아줌마가 한사코 돈을 내고 돌아갔다. 나는 모른 체 해버릴까 망설였던 시간들을 떠올리며 앞으로 어떤 실수를 해도 정직하게 용서를 빌어야겠다고 생각했다.

그 아줌마는 가끔 가끔 일감이 없어도 오가는 길에 나를 찾아보곤 했다. 나는 그 아줌마를 볼 때마다 진실이 맺어준 인연이란 생각을 했다. 그때 거짓말을 했더라면 그 일 때문에 항상 마음을 졸였을 것이었다.

내가 남편을 잃고 한창 실의에 빠져 있을 때였다. 그때 나는 가게 문을 열었지만 일이 힘에 부쳐 도저히 일을 할 수 없었다. 그래서 가게에 딸린 조그만 방에 누워있을 때였다. 지나가던 그 아줌마가 가게에 내가 없는 것을 이상하게 생각하고 가게 안으로 들어와 내가 누워 있는 방문을 열어보았다. 그리곤 내가 지쳐 쓰러져 있는 것을 보고 나에게 영양주사를 맞을 수 있도록 주사값까지 내주었다. 세상에는 좋은 분들이 많아서 나는 늘 그런 분들에게 감사하며 더 열심히 일어설 수 있었다.

　그러나 내가 익숙한 구두 수선공이 되기까지 얼마나 많은 실수를 거듭했는지 이루 헤아릴 수가 없다.

　남편의 건강이 악화되어 집에서 쉬고 있을 때였다. 나 혼자 가게에 나와 일을 시작한 지 얼마 되지 않았는데 50대 중반쯤 되어 보이는 아주머니가 구두를 고치려고 가게로 들어섰다. 그 아주머니는 구두를 새로 사서 신다가 처음으로 뒤축 고무를 간다고 했다.

　아주머니는 구두를 벗어 나에게 건넨 후 슬리퍼로 갈아 신고 가게 안에 있는 의자에 앉아 내가 구두를 다 고칠 때까지 기다리고 있었다.

　나는 드라이버로 다 닳아빠진 구두 굽을 떼어내고 솔로 뒤축을 고르게 갈아냈다. 그런 다음 뒤축에 댈 고무를 알맞게 오려서 굽에 대고 못질을 할 때였다. 늘상 하던 일인데 그날따라 자꾸만 못이 옆으로 비어져 나왔다. 잘못 박힌 못을 빼어내고 다시 박았는데 이번에도 똑같이 못이 엉뚱한 자리로 삐져나왔다. 나는 새 구두를 벌집을 만드는 것 같아서 등에서 식은땀이 흘렀다.

　앞에서 나를 지켜보고 있는 아주머니에게 어찌나 미안한지 이젠 손까지 떨렸다. 세 번, 네 번을 연거푸 박아도 못이 제대로 박히지 않았다. 나는 얼굴에도 땀이 비오듯 흘렀다.

　그때였다. 아주머니가 조심스레 일어나면서 말했다.

"내가 밖에 나가 있을게요. 나 때문에 신경이 쓰여서 그런가 봐요."

나는 아무 말도 못하고 다시 못을 잡고 망치를 들었다. 아주머니는 문밖에 나가 다른 곳을 바라보며 시선을 피했다. 그런데 신기한 일이었다. 아주머니가 밖에 나가니 그제야 못이 제대로 박혔다. 나는 한숨이 나왔다. 구두 뒤축에 못 자국이 몇 개나 나 있어서 아주머니한테 너무 미안했다.

아주머니는 구두를 받아 신고 돌아가면서 나에게 용기를 내라고 말해주었다. 언제나 당당하게 잘할 수 있을까. 나는 날마다 물위를 걷는 듯 조마조마했다.

어느 날 약간 지능이 떨어지는 총각이 구두를 고쳐달라고 맡기고 돌아간 후였다. 먼저 하던 일을 끝내고 총각이 가져온 구두를 고치고 있는데 어디선가 자꾸만 구린내가 났다. 처음엔 이웃에 정화조를 치나보다 했다. 그런데 점점 심하게 냄새가 나서 도저히 일을 할 수가 없었다. 혹시 고양이가 들어와 변을 본 게 아닌가 하여 가게 구석구석을 살폈지만 아무 것도 눈에 뜨이지 않았다.

다시 자리에 앉아 구두를 고치다가 문득 구두 바닥을 살폈다. 그런데 그만 총각이 가져온 구두 밑창에 대변 찌꺼기가 묻어 있었다. 나는 미리 구두를 살피지 않은 게 너무나 후회가 되었다. 이미 나의 작업용 앞치마에 오물이 묻어버렸고 냄새도 다 배어

버렸다. 더구나 오물이 묻은 채로 연장을 만졌으니, 온통 가게 안에 오물 냄새가 배인 것이었다.

나는 하던 일을 멈추고 작업용 앞치마도 버리고 가게 곳곳을 닦아냈다. 하지만 온 몸에서 오물 냄새가 나는 것 같아 그 날은 물론, 그 후 며칠 동안 얼마나 찜찜한지 몰랐다. 나는 그 후로 구두를 맡기면 우선 먼저 오물이 묻었는지 안 묻었는지 확인부터 하고 고치기 시작했다.

약간 지능이 모자라는 손님이 원망스러웠지만, 그 손님도 알지 못하고 가져왔다 생각하니 마음이 좀 편했다.

손님 중에는 야속한 손님도 많았다. 젊은 부부가 구두를 고쳐 달라고 온 적이 있었다. 구두는 좀 낡은 편이었는데 뒤굽을 갈아 달라고 했다. 부부는 구두를 맡기고 시장에 다녀온다고 나갔다. 나는 정성껏 뒤굽을 갈고 깨끗하게 손질까지 마친 후 찾으러 오기를 기다렸다. 두어 시간이 지나니 부부가 구두를 찾으러 왔다. 그런데 구두를 내주자마자 이리저리 살펴보더니 옆에 없던 흠집이 보인다고 다짜고짜 구두값을 물어내라고 했다. 나는 구두를 다시 받아들고 살펴보았다. 볼 뒤쪽에 약간 긁힌 자국이 보였다. 그런데 내가 보기에 먼저부터 흠집이 있었는지 없었는지 기억이 나지 않았다. 젊은 부부는 여간 깐깐해 보이지 않았다. 게다가 말로 미안하다고 해서 들을 것 같지도 않았다. 그렇다고 새 구두도 아닌데 터무니없이 요구하는 비싼 돈을 물어낼 수도 없었다.

손님을 대하다 보면 사람마다 얼굴에 성격이 어느 정도는 보였다. 내가 보기에 그 부부는 약간의 억지를 쓰고 있다고 판단되었다. 나는 몇 번인가 미안하다고 사과를 하다가 나중에는 무시하기로 했다. 내가 대꾸를 하지 않고 묵묵히 일만 하니까 한참동안 떠들던 부부가 문이 부서질 정도로 쾅 닫고 나가버렸다.

그 부부가 다녀간 뒤로 나는 구두를 가져오면 꼭 흠집이 있는지 없는지부터 조사해서 손님에게 확인을 시키고 고쳤다. 생각해보면 그 부부가 원망스럽긴 했지만 나에게 새로운 교훈을 가르쳐 준 셈이었다.

어떤 손님은 구두를 찾으러 와서 구두를 고치기는커녕 더 망가뜨렸다고 불평할 때도 있었다. 그럴 때는 등에서 식은땀이 죽죽 흘렀다. 어떤 손님은 2천 원짜리 구두징을 박고 오백 원을 깎아달라며 떼를 쓰기도 했다.

잘 쓰면 연장,
잘못 쓰면 흉기

　구두를 고치면서 연장을 제대로 다룰 줄 몰라 사고를 당한 적이 한두 번이 아니었다. 어느 날 구두 뒤축에 다 닳은 고무를 떼어낼 때였다. 드라이버를 가지고 왼손으로 구두를 꽉 누르고 오른손으로 드라이버를 쥐고 떼어내야 하는데 왼손이 시원치 않으니 항상 남들보다 몇 배의 어려움이 있었다.

　그 날은 보통 때보디 더 센 힘으로 오른손에 쥔 드라이버에 힘을 준 것 같았다. 그런데 그만 지렛대처럼 눌러야 할 왼손에 힘이 약해서 드라이버가 튕겨나가서 하필이면 왼쪽 눈 바로 아래를 찍었는데, 눈 깜짝할 순간에 일어난 일이었다. 처음에는 피도 나오지 않고 아프지도 않았다. 눈앞에서 뭔가 번쩍 튀는 것만 느꼈다. 상처도 너무 깊이 찔리면 피도 한참 후에 나온다는 걸 그

때 알았다. 눈동자를 찔렸다면 그대로 실명했을 게 뻔했다. 정말 아찔한 순간이었다. 드라이버에 찔린 상처에서 나중에 피가 얼마나 많이 나오는지 몰랐다. 힘들게 피부이식 수술을 받아서 겨우 얼굴이 볼만 했는데, 그런 얼굴에 상처가 생겨서 남편은 더 미안해 했다.

남편은 아픈 중에도 힘든 일은 나가서 돕겠다고 고집도 피웠다. 그러나 마음뿐 그 정도의 도움도 남편의 건강으론 무리였다. 나는 연장을 제대로 다루지 못한 자신이 너무 한심하게 느껴졌다.

내가 아침마다 구두 가게에 나갈 때면 남편은 항상 입버릇처럼 연장을 주의하라고 말했다. 고치기 힘든 것은 손님에게 양해를 구하고 집으로 가져오라고도 했다. 하지만 숨쉬기도 어려운 남편을 힘들게 하기 싫어서 억지로 하려다가 손을 다칠 때가 많았다. 그러니 손에 상처가 없는 날이 하루도 없었다. 남편은 내가 집에 들어가면 또 손을 다쳤을까봐 살펴보곤 했다. 남편은 늘 찔리고 베인 나의 상처를 볼 때마다 미안하다며 보듬어 주곤 했다. 나는 다칠 때마다 물론 나 자신도 아팠지만 남편이 속상해 할까봐 그것도 더 신경 쓰였다.

내가 혼자 구두 일을 하겠다고 시작하던 해, 남편이 나의 생일 선물로 옷을 맞춰주었다. 나는 화상의 흉터 때문에 늘 바지를 입었는데 남편이 살아있을 때 마지막으로 해 준 옷이었다. 남편은 자신이 일을 못하게 된 것을 미안해 하며 옷감도 아주 비싼 것으로 큰 마음을 먹고 해 준 옷이 베이지색 바지였는데 내 마음에도 꼭 드는 옷이라, 보통 때는 아까워서 입지 않고 특별한 날에만 그 바지를 입었다.

그러던 어느 날이었다. 마침 나갈 일이 있어서 아껴둔 그 바지를 입고 막 나가려던 참인데 손님이 와서 급히 구두를 고쳐달라고 졸랐다. 손님도 어디를 급히 가다가 구두 굽이 떨어진 모양이었다. 나는 옷을 갈아입을 시간이 없어 입은 채로 서둘러 작업대에 앉았다. 앞치마를 두르고 구두 굽을 얼른 갈았다. 그리고 칼로 가장자리를 동그랗게 공구를 때였다. 칼을 단단히 쥐고 구두에 대고 힘껏 밀었다. 그 순간 너무 깊이 칼을 대서 앞치마를 베고 난 칼이 나의 새 바지까지 싹 베고 나의 허벅지까지 베어 버렸다. 베이지색 바지가 금세 피로 빨갛게 물들었다. 나는 베인 허벅지의 아픔보다 칼자욱에 예리하게 베인 바지가 더 안타까웠다. 병석에 누운 남편이 큰 맘을 먹고 맞춰준 바지를 더 입을 수 없이 베이고 보니 기가 막혔다. 그 바지는 그 후로 다시 입을 수가 없었다. 다른 곳도 아니고 앞쪽의 대퇴부에 닿는 곳이라 섣불리 기울 수도 없었다.

나는 남편에게 너무 미안해서 사실대로 말도 못했다. 나중에 남편이 알았을 때는 남편의 생명이 위태위태할 때라서 그 바지에 신경을 쓸 여유가 없었다.

그러나 기술이 서툴러서 연장이 흉기가 된 가장 큰 사건은 구두 밑창을 꿰매는 코바늘이 왼손의 검지와 장지를 관통해서 코바늘을 매단 채 119에 실려 갔던 때였다.

그때도 구두 일을 시작한 지 얼마 되지 않았을 때였다. 젊은 남자가 구두를 가져왔는데 신사화는 아니었다. 캐주얼화로 기억되는데 구두 밑창 전체를 꿰매야 하는 수선이었다. 코바늘에 아주 질기고 굵은 실을 꿰어서 구두창 밖에서 바늘을 안으로 찔러서 구두 밑창에서 뜨개질하듯 코바늘로 실을 잡아 빼면서 꿰매는 것인데 왼손을 구두 밑창에 대고 오른손에 쥔 바늘을 꾹 찔렀을 때였다. 뭔가 푹 소리가 나는 것 같았다. 아픔을 느낀 후에야 확인해 보니 왼손의 장지와 검지를 코바늘이 관통해서 박혀 있었다. 가뜩이나 온전치 못해 뭉그러진 손가락 두 개를 어떻게 함께 관통했는지 코바늘이 박혀서 뺄 수가 없었다. 마구잡이로 빼면 아프기도 하거니와 끝이 낚시바늘의 미늘처럼 생겨 있어서 상처가 더 커질 게 뻔했다. 나는 어찌 해야 좋을지 몰라 코바늘이 꼽힌 채로 발을 동동 굴렀다. 구두를 고치러 온 총각도 어쩔 줄을 모르고 얼굴이 빨개졌다. 총각이 안절부절못하는 나에게 말했다.

"아저씨에게 연락해 보세요."

나는 고개를 저었다. 남편이 알아도 혼자서 올 수도 없었다. 또 자신이 다친 줄을 알면 괜히 속만 상할 것 같았다. 총각이 또 말했다.

"저어, 아드님한테 연락해 보세요."

나는 학교에 있는 아들한테 연락할 수도 없었다. 마음을 독하게 먹고 코바늘을 확 잡아 빼고 싶었지만 겁이 나서 그럴 수도 없었다. 한참을 이러지도 저러지도 못하는데 총각이 할 수 없다며 119 구급대를 불렀다. 금세 119가 도착했다. 나는 코바늘이 박힌 왼손을 그대로 감싸고 병원 응급실로 실려 갔다.

의사가 나의 손을 살피더니 소독을 하고 코바늘이 박혀있는 왼손에 국소마취 주사를 놓았다. 그리고 나서 바늘을 그대로 잡아 빼버렸다. 왼손의 검지와 장지에서 피가 뿜어져 나왔다. 의사는 파상풍 예방 주사를 놓아주고 왼손을 붕대로 감아주었다.

나는 경황없이 가게로 돌아와 대충 정리하고 집으로 들어갔다. 남편이 알면 또 속상해 할 것 같아 말을 하지 않기로 하고 왼손을 주머니에 넣었다. 남편이 저녁밥을 차려놓고 기다리고 있었다. 나는 남편이 볼까봐 왼손을 주머니에서 꺼내지 않았다. 밥을 먹으려고 목욕탕에 들어가 한 손으로 간신히 세수를 하고 있는데 어디선가 전화가 걸려왔다. 남편이 한참동안 통화를 하는 것 같았다.

목욕탕에서 나오니 남편이 눈을 동그랗게 뜨고 물었다.

"당신 오늘 병원에 갔었어요?"

나는 가슴이 철렁했다. 또 남편한테 다쳤다는 걸 알리기가 창피하기도 했고, 걱정을 할까봐 고개를 저었다.

"괜찮아요. 말을 해봐요. 오늘 응급실에 실려 갔었다면서요? 어디 손 좀 내 놔 봐요."

나는 할 수 없이 붕대를 감은 왼손을 주머니에서 꺼냈다. 남편이 말했다.

"병원비를 안 내고 그냥 왔다고 전화가 왔어요. 내일 가서 낸다고 말했어요."

남편이 나의 손을 살피며 말했다. 나는 병원비는 생각도 못하고 허겁지겁 집으로 돌아온 게 멋쩍었다.

처음에 구두 일을 할 때 내 왼손은 거의 붕대가 감겨 있거나 반창고가 붙어 있었다. 손목을 자르지 못하게 몇날 며칠을 울어서 겨우 붙어 있을 수 있게 된 왼손은 항상 그처럼 수난을 당하기 일쑤였다.

제 6장

구두 수선공, 강석란

구두 수선공으로 거듭 난 제2의 내 인생

남편을
보내고

　병세가 점점 깊어져 조마조마하던 남편이 겨우 방에서 식탁으로 걸어나오는 것도 힘들어 했다. 병원에서 퇴원을 한 지 며칠 되지 않았는데 나는 자꾸만 마음이 조마조마했다.

　남편이 일을 놓은 지 5년째 되던 해, 2004년 4월 첫째 주 일요일이었다. 아침 일찍 예배를 드리기 위하여 네 식구가 바삐 움직였다. 남편은 숨이 차서 몇 주째 교회에 나갈 수 없었다. 아이들과 함께 식탁에 둘러앉아 아침식사를 할 때였다. 남편이 아이들에게 조용히 말했다.

　"영모야, 그리고 미화야, 내가 너희들에게 야단칠 때도 많았지? 서운하게 생각하면 안 된다. 너희들이 착한 건 알지만 아빠가 화를 낼 때는 너희들이 이 험한 세상을 잘살 수 있게 하기 위

해서였어. 너희들도 알지?'

아이들은 남편의 말에 고개를 끄덕이며 눈을 맞췄다. 아이들에게 진지하게 말을 마친 남편은 물컵을 들고 약을 먹기 위해 방으로 들어갔다.

두 아이들은 교회에서 전도사로 사역중이라서 먼저 교회에 갔고, 나도 오전 예배를 드리기 위해 집을 나섰다. 남편은 혼자 누워서 TV로 목사님들의 설교를 시청하고 있었다.

1시간 동안 예배를 마친 나는 서둘러 집으로 발길을 돌렸다. 예배시간부터 왠지 모를 불안감이 엄습해 왔다. 나는 다른 때보다 빨리 걸음을 재촉하며 집에 돌아와 방문을 열었다.

집안은 다른 날과 별반 다르지 않았다. 나는 비로소 안도의 숨을 내쉬며 남편을 살폈다. 남편은 아침에 누운 자세로 잠이 든 것 같았다. TV화면에는 목사님의 설교가 이어지고 있었다.

나는 지난 밤에도 잠을 설쳤던 남편이 애처로워 TV소리를 줄이고 남편 옆에 앉아 TV를 시청하고 있었다.

어느덧 벽에 걸린 시계가 오후 2시를 넘기고 있었다. 남편은 웬일인지 잠에서 깨어나지 않았다. 나는 남편이 오랜만에 단잠을 자는구나 생각하며 조금 더 기다리기로 했다. 그러다 남편이 배가 고플까봐 조심스레 남편을 흔들어 깨웠다. 그런데 남편이 대답이 없었다.

나는 깜짝 놀랐다. 남편의 머리가 베개에서 방바닥으로 떨어져도 남편은 아무 반응이 없었다. 나는 남편을 안고 마구 흔들었다. 정말로 의식이 없었다. 나는 온 몸이 축 늘어진 남편을 품에 안았다. 나는 겁이 나서 심장이 멎는 것 같았다. 남편이 이대로 돌아가시는 건 아닐까. 떨리는 손으로 아들에게 전화를 걸었다.

119 구급차를 불렀다. 구급차에 남편을 태우자마자 우선 집에서 가까운 의료원으로 향했다. 의료원 응급실에 도착해 의사의 진찰을 받았다. 의사는 남편의 상태를 보더니 빨리 큰 병원으로 가라고 했다. 나는 아들과 함께 천안에 있는 순천향 병원으로 남편을 모시고 갔다.

순천향병원 응급실에는 환자들이 너무 많아 침대가 없었다. 그 날따라 응급환자들이 너무 많아서 호흡하는 기계가 없다고 했다. 이리저리 전화를 해보던 의사는 결국 남편을 건양대병원으로 안내했다.

건양대병원에 도착한 남편은 응급조치를 받은 후에 곧바로 중환자실로 들어갔다. 나는 아들과 함께 건양대병원 중환자 대기실에서 며칠 밤을 지냈다. 남편은 끝내 의식을 되찾지 못했다. 나는 면회시간마다 남편을 위해 기도했다. 이렇게 남편을 보내야 하는 걸까. 나는 가슴 한 켠이 떨어져 나가는 것 같았다. 세상에서 가장 나를 사랑하고 이해했던 남편이 이제 생을 내려놓으려는 순간을 맞은 것이었다. 나는 중환자실 대기실에서 눈물로 밤낮을 보냈다.

며칠 후였다. 중환자실에서 담당의사가 보호자를 불렀다. 의사는 나에게 마음의 준비를 하라고 말했다. 나는 마지막 생명의 끈을 겨우 붙잡고 있는 남편이 너무 힘겨워 보여서 하나님 품에서 다시 만나자고 기도를 했다.

남편은 며칠 후 나의 곁을 떠나 하나님의 품에 안겼다.

남편의 장례는 누구보다 성대하게 교회에서 치러졌다. 한 식구처럼 보살펴주신 목사님과 교우들이 얼마나 고마운지 몰랐다.

남편은 이제 자유로운 영혼으로 훨훨 날아 하나님의 품에 안겼을 것 같았다. 나는 남편과의 이별이 너무나 슬프고 가슴이 아팠지만 남편이 장애인이 아닌 정상인으로, 가난을 느끼지 않는 천국의 꽃동산에서 나를 기다리고 있을 것이라 생각하며 남편의 영혼을 위해 기도했다.

그래도 이별이란 커다란 슬픔을 참아내기가 힘들었다. 세상에서 가장 슬픈 이별이 배우자를 잃는 슬픔이란 사실을 나는 뼈저리게 느껴야 했다. 보통의 부부보다 장애를 가진 부부는 서로가 서로의 손길이 몇 배로 더 필요했다. 남편이 나의 손길을 필요로 한 것보다, 한 손이 자유롭지 못한 내가 훨씬 더 남편의 손길을 필요로 했다. 그렇기 때문에 남편과의 이별은 보통 부부의 몇 배로 더 골이 깊었다. 그러나 어찌 육체적 결손을 정신적 충족에 비할 수 있으랴. 남편은 척추장애를 갖고 있었지만 나보다 훨씬 성숙한 사람이었다. 나는 남편과 함께 살아오면서 남편이 자신보다 훨씬 더 깊이가 있다는 것을 항상 느꼈다.

날마다 서로를 보듬던 남편과 나는 서로 장애를 껴안고 살면서 눈빛만 봐도 마음을 읽을 수 있었고, 걸음걸이만 봐도 기분을 느낄 수 있었다.

나는 남편을 떠나보내고 한동안 마음을 잡을 수가 없었다. 결혼 전에 남편과 결혼을 하기 싫다고 도망쳤던 것도 남편에게 미안했고, 좀 더 일찍 홀로서기를 해서 남편이 몸져누웠을 때, 남편의 마음을 안정시키지 못한 것들도 후회가 되었다.

나는 진심으로 남편을 존경했고 사랑했다. 나의 험악한 얼굴을 마주하고 아이들을 낳고 기른 세월이 얼마인가. 남편은 나의 겉모습보다 진정으로 한 인간으로 나를 대했고, 나를 누구보다 사랑했고, 훌륭한 아이들의 아버지가 되어 주었다.

나는 남편을 먼저 보낸 후, 일을 끝내고 집에 들어가면 텅 빈 집에서 남편이 그리워 미칠 것 같았다. 남편이 보고 싶고 손길이 그리웠다. 다른 사람들은 남편과 사별하면 무서워서 집안에 들어갈 수 없다고 하는데 나는 무서운 게 아니라 남편이 너무도 그리웠다. 아무리 참아도 그리움 때문에 혼자 견딜 수가 없었다. 그런 날이면 나는 밤을 꼬박 새우거나 참지를 못하고 고향에 사는 큰 시누님한테 울면서 전화를 걸곤 했다. 큰 시누님은 나를 진심으로 이해하면서 자신의 집으로 오라고 했다. 그러나 늦은 시간이라 팔봉까지 가는 버스가 이미 끊겨서 갈 수가 없었다. 큰 시누님은 내게 전화를 걸어서 태안까지 가는 버스를 타고 대문다리에서 내려 기다리라고 했다. 큰 시누님이 대문다리까지 데리러 올 테니 그만 울고 어서 시킨대로 하라고 했다. 태안까지 가는 버스는 늦게까지 있어서 타고 가다가 대문다리 검문소에서 내릴 수가 있었다. 나는 남편이 너무 그리워서 참을 수 없을 때는 큰시누님이 시키는대로 늦은 밤 버스를 타고 대문다리까지 가서 나를 마중 나온 큰시누님 집에서 자고 이튿날 돌아오곤 했다. 다시 가게에 나와 남편이 쓰던 용구, 남편의 체취가 묻은 남편의 일터에서 구두를 고칠 때마다 마음속에 있는 남편과 함께했다. 잘 고쳐지지 않거나 몸이 힘들 때면 벽에 걸어놓은 가족사진과 가훈을 바라보며 용기를 얻었다. 가훈은 하나님, 가정, 구두 세 가지를 써서 액자에 넣어 가게에 걸어놓았다. 가훈을 보며 속으로 남편에게 도와달라고 간청할 때마다 나의 가슴속에 영원히 살고 있는 남편이 기꺼이 나에게 힘이 되어 주었다.

남편의 분신처럼 소중한 아이들이 있었지만, 아들과 딸이 남편의 빈자리를 채울 수는 없었다. 나는 때로 외롭고 사무치게 남편이 그리웠지만, 홀로서기에 온 힘을 기울여서 남편이 하던 일을 이어받은 것만도 위로가 되었다.

나의 삶이 누군가에게는
희망이 되고

　어느 날 젊은 아기엄마가 가게를 찾아왔다. 고쳐야 할 구두를 가져 온 것도 아닌데 가게 문을 열고 들어와 한참을 머뭇거렸다. 나에게 뭔가 할 이야기가 있는 것처럼 보였다.

　"어떻게 오셨어요? 수선할 구두는 어디 있나요?"

　아기 엄마가 수줍게 대답했다.

　"죄송해요. 그냥 구두를 고치는 아줌마를 보면 용기가 나요. 제가 힘들 때 가끔 찾아와 용기를 얻고 싶은데 가끔 이렇게 찾아와도 되나요?"

　나는 처음엔 무슨 말인가 싶었다. 그 아기엄마는 삶이 고달프다고 느낄 때 열심히 구두를 고치는 내 모습이 떠오른다고 했다. 그래서 찾아왔노라고 말했다. 나는 그 아기엄마가 오히려 고마왔다.

그 후 아기엄마는 가끔 가끔 나의 일터로 찾아와 이런 저런 이야기를 털어놓고 갔다. 내가 듣기에는 별일 아닌 것 같아도 사람들은 각각 나름으로 힘든 짐을 지고 살아간다는 것을 알 수 있었다. 그런 모습을 보면서 나는 자신이 누군가에게 위로가 되고 힘을 얻는 존재가 된다면 그도 보람있는 일이라 여겨졌다. 사람들은 그렇게 더불어 살면서 서로가 서로에게 용기를 주고 받기도 하고, 위로를 받으며 살아가고 있었다.

그러나 시련은 항상 갑자기 엉뚱한 곳에서 거친 바람이 되어 불어왔다.

구두수선이란 일이 그리 쉬운 일이 아니었지만 어느 정도 일이 손에 익숙해져가고 있을 즈음이었다. 갑자기 가게주인이 가게를 비워달라고 했다. 당장 어디로 갈 수도 없었다. 더구나 구두수선을 한다고 하면 대부분의 주인들은 별로 달가워하지도 않았다. 구두수선으로 버는 돈이 얼마 되지 않기에 가게 세를 제대로 낼 수 없을 것 같아서였다. 나는 어찌해야 좋을지 앞이 캄캄했다. 주변에는 빈 가게도 없었다. 그렇다고 단골들이 있는데 멀리 외진 곳으로 갈 수도 없었다. 같은 건물 안에 세를 들어 있던 사람들은 모두 가게를 얻어 나갔고, 오직 나만이 가게를 구하지 못하고 있었다. 비워달라는 날짜는 왜 그리 빨리 다가오는지 하루하루가 얼마나 초조한지 몰랐다. 나는 하나님께 매달려 기도하는 수밖에 다른 방법이 없었다. 아이들은 힘들어하는 나를 위로하느라 학교에서 쉬는 시간에도 전화로 말했다.

'기도하면 하나님이 다 들어주실 거에요. 힘내세요. 엄마.'

아이들의 전화를 받을 때면 믿음으로 살아가면서 너무 불안해하는 자신이 아이들에게 부끄러운 생각도 들었다. 밤새 기도를 하고 이튿날 아침에 '무슨 수가 생기겠지. 하나님이 예비해 주실 거야' 하며 가게에 나와 보면, 다시 눈앞이 깜깜해지기만 했다. 나는 기도하다 지쳐서 본 교회 안수집사님께 컨테이너 박스를 조그맣게 만들어 달라고 부탁을 드렸다.

며칠 후 안수집사님의 주선으로 도로변에 주문 제작한 컨테이너 박스를 갖다놓을 수 있었다. 나는 얼마나 감사한지 몰랐다. 그러나 감사도 잠시였다. 컨테이너 박스가 세워진 근처의 가게들이 장사에 지장이 있다며 당장 치우라고 아우성이었다. 게다가 시청 직원들까지 날마다 찾아와 환경미화에 걸림돌이 된다며 치우라고 성화를 해댔다. 날마다 가게 때문에 애를 태우는 나를 보고 목사님과 주변의 교우들이 함께 열심히 기도를 해주었다.

오로지 기도에만 의존하고 하루하루를 버티던 어느 날이었다. 일터에 나갔는데 바로 앞 가게 문에 빨간 글씨로 '점포 정리'라는 글귀가 보였다.

나는 꿈을 꾸는 것 같았다. 하나님께서는 더 크고도 아름다운 좋은 가게를 나를 위하여 준비하셨다는 확신이 들어서 가슴이 벅차올랐다. 하나님은 스스로 노력하지 않는 자에겐 예비하지 않으시고, 스스로 온갖 노력을 다 해보다가 도저히 길이 안 보일 때, 더 큰 능력으로 기도를 들어준다는 사실을 새삼 확인할 수 있었다.

아들과 딸은 언제나 살아가는 힘이 되어 주었다. 아들이 먼저 신학대학교, 신학대학원을 졸업했고, 같은 대학과 대학원에 딸도 똑같이 다녔다. 그 후 아들은 본 교회 반주자인 신앙심 깊고 마음착한 정지은 자매와 결혼을 하였다.

아들의 결혼식을 앞두고 먼저 하나님의 품으로 간 남편의 빈자리가 얼마나 크게 느껴지는지 몰랐다. 남편이 살아있었다면 얼마나 좋아하셨을까? 남편은 아들을 끔찍이 여겼는데, 같은 교회에서 어여쁜 며느리를 들이는 것을 보지 못하고 먼저 눈을 감았으니, 그 아쉬움과 안타까움을 어찌 말로 할 수 있으랴.

아들도 나 못지않게 자기 아빠를 그리워했을 것이다. 더구나 아들이 목사 안수를 받던 날은 나도 울었지만 아들도 눈시울을 적셨다. 모든 사람의 축복 속에 아버지의 축복을 받을 수 없음을 슬퍼하는 모습이 역력했다.

나는 그날 모든 행사가 끝난 다음 목사 가운을 입은 아들을 꼭 안아주었다. 꼭 하나님이 기뻐하시는 종이 되기를 축복해 주었다. 아들은 지금 본교회(서산순복음교회) 교육목사로 사역을 하고 있다.

오빠의 뒤를 이어 딸은 신학대학교를 졸업한 후 신학대학원을 마치고 본 교회에서 교회학교 담당전도사로 사역중 역시 목사가 된 사위(이은재)와 결혼을 했다.

딸이 결혼을 앞두고 아빠를 추억할 때 나는 남편이 얼마나 그리운지 몰랐다. 딸도 아빠의 손을 잡고 결혼식장에 들어가고 싶다고 말하며 눈물을 글썽였다. 남편은 딸과 아주 살갑게 지냈다. 쉬는 날이 되면 남편은 손수 김밥을 말아서 딸을 데리고 옥녀봉으로 소풍도 자주 갔다. 또 집에 누룽지가 있으면 손수 누룽지를 튀겨서 딸이 공부할 때 간식으로 내놓는 자상한 아빠였다. 딸은 그런 아빠를 모시고 결혼식을 함께 하지 못하는 것을 너무나 안타까워했다. 딸이 내게 물었다.

"엄마, 나 초등학교 2학년 때 엄마아빠에 대해서 쓴 시 생각나요?"

"그럼 생각나지. 그때 상도 타고 학교 신문에도 실렸었잖아. 그때 아빠가 얼마나 기뻐하셨는지 몰라."

나는 딸이 쓴 그때의 시를 다 외울 수 있었다.

고마우신 우리 부모님

밤낮 없이 우리 잘 되라고
매일매일 하나님께 기도하는 우리엄마

우리들 학교 빨리 가라고
일찍 일어나셔서 밥을 지으시는

고마우신 우리 엄마

우리 가족 모든 일을 맡아서
혼자 하시는 우리 엄마
우리 엄마 최고

밤낮 없이
추운 날이나 더운 날이나
돈 버시는 우리 아빠

옷 사주시고 신발도 사주시는 우리 아빠
돈 없어도 우리들에게
용돈을 빼놓지 않고 팍팍 주시는 우리 아빠
우리 아빠 따봉

고마우신 부모님 우리 부모님
나는 우리 부모님이 너무 좋아요

남편과 나는 힘들 때마다 미화의 시가 실린 학교신문을 보물
처럼 간직하며 미화가 쓴 시를 함께 외우며 행복을 가꾸었다.

미화의 결혼식 날 남편 대신 아들이 내 옆에 앉았다. 남편과
함께 할 수는 없었지만 미화를 든든하게 지켜줄 사위가 듬직해

서 마음이 놓였다. 미화는 얼마 전 튼튼한 아들을 낳았다. 목사 사모의 꿈을 이루겠다던 딸은 정말로 목사 사모가 되어 행복한 삶을 살아가고 있다. 모두 얼마나 고마운 일인지 모른다. 사위는 인천 용현동에 순복음 그루터기 교회를 개척 준비중에 있다. 부디 사위와 딸이 준비하는 개척교회에도 하나님의 은혜가 함께 하여 번성하는 축복이 내려지기를 바란다.

고마운
사람들

　나는 구두를 고치며 늘 고마운 사람들을 떠올리며 일을 하고 있다. 나를 낳아준 부모님은 말할 것도 없고, 먼저 간 남편은 가슴이 미어지도록 고맙다. 남편이니 당연하고 아이들의 아버지이니 당연히 소중한 사람이지만, 남편의 깊은 사랑을 생각하면 늘 가슴이 따뜻해진다.

　내가 수술을 받기 전 험한 얼굴을 날마다 마주 대하면서도 한 번도 내가 나의 얼굴에 대해 부끄러움을 느낄 수 없게 한 사람이 바로 남편이었다. 살아서 곁에 있는 때는 몰랐지만, 생각하면 생각할수록 남편의 사랑과 인내는 가히 하늘만큼 넓고 바다만큼 깊었다고 해도 지나침이 없다.

　아들과 딸은 또 얼마나 고마운 존재인가. 나는 몸이 자유롭지 못하니 교회 안에서도 찬양팀이나 율동팀에서 활동할 수 없는 게 늘 부러웠다. 늘 아쉬운 마음을 간직하며 부러워하는 나를 하나님은 아이들을 통해서 만족하게 해주셨다. 아이들은 모든 성도들의 부러움을 사며 열심히 활동했다. 아들은 찬양인도자로 때로는 설교자로, 또 교육목사로 나를 기쁘게 해주었다. 딸은 아동부 담당전도사로 똑부러지게 활동을 해서 모두 부러움을 샀다.

하나님은 내가 할 수 없는 것들, 내가 하고 싶어한 것들을 자식들을 도구로 쓰시며 나에게 기쁨을 주셨다. 나는 늘 하나님께 감사하며 나를 불쌍히 여기는 하나님을 가까이 느끼며 살고 있다.

본 교회인 서산순복음교회 백승억 담임목사님(현. 원로목사님)과 서순득 사모님의 사랑과 도움은 평생 잊지 못할 것이다. 물심양면으로 도와주신 것도 감사하고, 아이들에게 입술의 열매를 늘 강조하며 올바르게 커갈 수 있도록 인도해 주신 것도 너무나 감사하다.

아이들은 어릴 때부터 목사님의 말씀을 그대로 믿고 따랐다. 말은 씨앗이 되어 입술의 열매로 돌아온다는 설교를, 나는 아이들과 함께 실천하며 살도록 노력했다.

함부로 뱉어낸 말은 입술의 열매가 되어 근심과 불화를 열매로 맺고, 밝고 고운 심성으로 뱉어낸 말은, 입술의 열매가 행복이란 선물로 되돌아온다는 것을 항상 마음에 심어두려고 노력했다. 말은 생각의 표출이니, 험한 말은 험한 생각에서 나오고, 그 말이 씨앗이 되어 험한 열매를 맺게 된다는 것을 늘 교훈으로 삼았다.

백종석 담임 목사님과 최소영 사모님도 늘 나를 격려해 주시고 기도로 힘을 주셔서 참으로 감사하다.

내가 신앙생활을 시작한 지도 어언 38년이란 긴 세월이 흘렀다. 결혼을 하기 전에 화상을 입은 내가 죽음을 생각하며 현실을 버거워할 때, 나를 교회로 인도한 인애친구도 늘 고맙다.

어디 고마운 사람들이 한 둘이겠는가. 아이들을 올바로 가르쳐준 학교 선생님들도 고맙다. 그리고 가정경제가 어려워 학원을 보낼 수 없는 우리 처지를 이해하고 공짜로 학원에서 공부를 할 수 있도록 배려해준 하버드학원 가문순 원장님도 너무나 고마운 분이다. 어려운 살림에 학원은 꿈도 못 꾸었는데 고맙게도 아이들을 무료로 배울 수 있게 해주셨다.

가족들도 모두 고맙지만 내가 힘들어 지쳐있을 때마다 수시로 전화를 걸어 진심으로 위로해 주던 울산에 사는 막내시누이도 참으로 고마운 가족이다.

"언니, 목소리 왜 그래요! 아이들이 있잖아요. 힘내세요!"

사랑이 듬뿍 담긴 거짓이 없는 막내시누의 말은 나에게 그 어떤 영양제보다도 큰 힘과 위로가 되었다.

날마다 지나치는 사람들 중에서 내 얼굴을 보고 연민을 느끼면서 수술을 권유했던 가겟집 아주머니의 이웃사랑도 너무 감사한 일이다. 또 나를 지금의 모습으로 하늘을 보고 살 수 있게 수술을 해준 기관에도 고맙고, 의사도 얼마나 고마운 사람들인가.

나에게 친절을 베푼 사람들 중에 단골손님도 빼놓을 수가 없다. 그 분은 참으로 인정이 많은 분이었다. 가끔 찾아와 안부를 물어주는 일도 어디 쉬운 일인가. 그분은 링거 주사값을 기꺼이 내주었다.

또한 수원으로 이사를 간 미용실 아줌마도 여간 고마운 분이 아니다. 그분은 서산에 올 때마다 일부러 수선할 구두들을 모아 가지고 가게를 찾아주곤 했다.

이웃사람들도 모두 고마운 분들이다. 가까이 사는 주권사님은 내가 피부 이식수술을 하기 전에 꼭 불러서 함께 밥을 먹곤 했다. 그런데 주권사님은 내가 수술을 성공적으로 받은 후에야 수술을 받기 전에 나로 인해 자신도 힘들었던 일을 털어놓았다.

내가 지나가면 주권사님은 일부러 나를 불러서 함께 밥을 먹었는데, 나와 함께 밥을 먹으면 입술이 제대로 없는 내가 밥이나 반찬을 많이 흘릴 수밖에 없었다. 주권사님은 내 모습을 이미 알고 이해하면서도 나와 함께 밥을 먹을 때는 인내가 필요했다고 말했다.

주권사님은 나와 함께 식사를 한 날은 소화가 되지 않아 그때마다 가스 활명수를 먹어야 소화가 되었노라고 말했다. 그럴 때마다 자신의 이웃사랑이 부족한 것 같아 아무리 참으려고 해도, 그때마다 소화가 되지 않아 오히려 자신이 나에게 아주 미안했었노라고 말했다. 나는 그 말을 들으며 주권사님의 큰 사랑에 눈물이 핑 돌았다.

나처럼 이웃에서 구두를 고치는 박씨 아저씨도 고마운 분 중의 한 분이다. 박씨 아저씨께서는 입버릇처럼 나에게 말한다.

"아줌마가 구두를 고치는 것은 혼자 하는 것이 아니라 아줌마가 믿는 신이 도와주시는 게 틀림없습니다."

박씨 아저씨의 말은 맞는 말이다. 나는 힘들고 어려운 일이 닥칠 때마다 눈물로써 여호와 하나님께 매달렸다. 나는 앞으로 하나님과 사람들 앞에서 조금도 부끄럽지 않도록 아름다운 간증의 주인공으로 살아가려 노력하고 있다. 비록 내가 다른 사람들처럼 학력이나 물질, 권력이 없다 할지라도 하나님의 영광을 위하여 살아갈 길을 예비하시고 길을 열어주실 것을 확신하기에, 나는 오늘도 감사함으로 하루하루를 살아가고 있다.

나는 하나님께서 나에게 선물로 주신 아들과 딸도, 또 그들의 가정에도 세계를 무대로 삼아 하나님의 크고도 놀라운 사역들을 맘껏 펼쳐나가기를 기도하며 살고 있다.

구두를
고치며

내가 처음 구두수선을 배우려고 생각했을 때는 먹고 살 수 있는 다른 일이 보이지 않았다. 다른 일들이 많이 있었지만 내가 할 수 있는 일들은 아무리 생각해도 찾을 수 없었다. 구두를 닦고 수선하는 일은 남편이 하던 일이기에, 남편의 어깨 너머로 보아온 일이기에, 다른 일을 할 엄두가 나지 않아서 시작한 일이었다.

나는 구두를 고치면서 가끔 가끔 생각한다. 하나님은 세상의 많은 일들 중에서 나에게 구두고치는 일을 하게 하셨을까. 구두는 두말할 것도 없이 하늘을 머리에 이고 서서 걸어다닐 때 필요한 신발이다.

사람이 서서 다닐 수 있다는 것은 곧 하늘을 이고 땅을 딛는 일이다. 땅을 딛는 신발 중에서도 구두는 함부로 슬리퍼처럼 끌고 아무렇게나 신는 신발이 아니다. 예의를 차리고 격식을 차릴 때만 구두를 신는다.

나는 구두를 고치면서 이 일을 하찮게 생각하지 않으려고 노력한다. 서서 다니는 사람에게 꼭 필요한 구두. 나는 그 일을 하게 하는 특별한 이유가 분명히 있을 것이라고 생각하며 구두를 고치고 있다.

나도 구두를 닦고 고치면서 좀더 고상한 일, 시키면 구두약을 묻히지 않아도 되는 일이 부러울 때가 있긴 하다. 온갖 더러움이 널려 있는 길을 밟고 다닌 구두는 어쩌면 가장 더러운 물건인지도 모른다.

그러나 나 자신이 구두 고치는 일을 천하게 생각하면 할수록, 아는 사람들을 만날까봐 노심초사하게 되고, 사는 일에 자신이 없어질 것 같았다.

나는 자신이 하는 일에 의미를 부여하니 손끝에서부터 자긍심이 자라기 시작했다. 자기 자신을 소중하게 생각지 않으면 남들도 하찮게 볼 게 뻔하다. 온전치 않은 손이지만 나의 손길을 거친 구두가 새롭게 다시 태어나, 구두를 신는 사람들의 발길에도 복을 받게 하고 싶다.

오물이 묻은 구두를 윤기가 흐르도록 깨끗이 닦을 때마다, 나는 그 구두를 신는 발길들이 행복으로 이어지길 빈다. 그런 마

음을 가지고 구두를 대하는 나 자신이 먼저 행복을 느끼기 때문
이다.

　나는 비록 가진 것은 없지만 마음만은 여유롭다. 고통이 없이
어떻게 성공을 꿈꾸겠는가. 날마다 아침부터 저녁까지 구두수선
공으로 성심을 다해 일을 하니, 저절로 보람도 느껴진다.
　어떤 날은 팔이 너무 아파 물리치료도 받았다. 나는 마음속에
늘 함께 하는 남편을 느낄 때면 새로운 힘이 솟아나곤 했다. 항
상 구두약이 묻어있는 손이지만 형체도 온전치 않은 나의 왼손
은 제 몫을 충분하게 발휘하고 있다.
　나의 왼손은 볼품없이 뭉그러졌지만 모양은 일그러졌어도, 그
손가락을 지렛대 삼아 구두를 고치고 있다. 그 손을 잘랐으면 구
두 수선도 불가능했을 것이다.
　나의 오른손도 이미 여자의 고운 손과는 거리가 멀다. 손톱 사
이사이마다 구두약이 끼어 있어서, 사람들 앞에 선뜻 손을 내밀
수도 없다. 그러나 나는 부끄럽지 않다. 자신이 할 수 있는 일이
있다는 행복감을 그 어디에 견줄 수 있으랴.
　세상에는 온전한 손으로 세상 만물을 더럽히며 사는 사람들
도 얼마나 많은가. 세상에서 필요한 손길이 된다는 생각을 하면
왼손이 자랑스럽다. 나는 온전치 못한 손으로 더러운 것, 고장
난 것을 새롭게 바꾸기 위해 얼마나 많은 대가를 치렀는가. 이
제는 왼손의 상처도 옛날처럼 달고 살지 않을 만큼 일에 익숙해

졌다.

세상의 모든 것들은 포기하지 않고 노력하면 안 되는 것이 없다는 것을 나는 체험을 통해 터득했다. 때로 망치에 짓이겨지고, 못에 찔리고, 본드가 붙어서 살을 베어가며 떼어낼 때도 있었다. 또 굽을 깎는 칼에 베어 손이 성한 날이 별로 없었다. 그러나 모든 것은 공을 들인 시간만큼 익숙해지게 된다는 것을 산 체험으로 알 수 있게 되었다. 처음에는 삐뚤빼뚤 박히던 못도 오랜 시간 길이 들어서 이젠 단번에 박아도 정확히 박을 수 있는 기술이 되었다.

나는 나의 손길을 거친 구두는 어디가 달라도 다르다는 소리를 듣고 싶어 온 정성을 다해서 닦고 윤기와 광을 낸다. 나는 헌 구두라고 아무렇게나 다루지 않으려고 노력한다. 다 고친 후에도 몇 번이나 다시 살펴서 실밥 하나라도 허투루 달려있지 않게 꼼꼼하게 손질을 한다.

나는 이제 외롭지 않다. 내 손길을 기다리는 구두가 있고, 내 솜씨를 알아주는 단골이 있어서 행복하다.

나를 마주하는 사람들이 나를 보고 용기를 갖는 것을 보는 것도 흐뭇하다. 세상을 살면서 다른 사람에게 용기와 힘을 줄 수 있다면 얼마나 보람된 일인가.

그것은 욕심에서 이루어지는 것도 아니고, 누군가에게 부탁을 한다고 되는 일이 아니다. 자기 자신의 일을 사랑하고 정성을 다할 때 상으로 따라오는 결과인 것이다.

강연 100℃에
나가게 된 사연

2011년 여름이었다. 가끔 찾아오는 여자 손님이 구두를 고치러 왔는데 성격이 아주 쾌활해 보였다. 내가 구두를 고치는 동안 그 여자 손님은 내가 구두를 다 고칠 때까지 기다리면서 이런 저런 이야기를 풀어냈다. 손님이 물었다.

"고향이 호리라구요? 그럼 초등학교는 팔봉초등학교 다녔어요?"

나는 초등학교를 떠올리면 아픈 기억이 먼저 되살아났지만 이제 모두 옛날 일이 되어 아픈 기억보다는 그리움이 앞섰다.

"팔봉초등학교 37회예요."

손님이 37회라는 내 말에 얼굴 가득 생기가 돌았다.

"37회라구요? 내 중학교 친구 중에 가장 친한 친구도 37회 졸업생인데."

나는 초등학교도 절반은 결석을 했기 때문에 솔직히 한 동네 친구들이 아니면 별로 아는 애들이 없다. 그런데도 손님이 가장 친하다는 친구가 궁금했다. 손님은 나의 궁금증을 읽기라도 한 듯 먼저 말했다.

"혹시 문영숙이라고 아세요?"

나는 신기할 만큼 손님이 말한 친구가 금세 떠올랐다. 6학년 때 한 반이었고, 부반장을 했던 친구였다. 나는 손님에게 반갑게 말했다.

"어머나, 그 친구가 방금 말한 그 친구예요? 졸업 후에는 한 번도 보지 못했어요. 아, 영숙이랑 친하시군요."

손님은 갑자기 목소리가 커졌다.

"친한 정도가 아니에요. 서산에 올 때마다 내가 그 친구 발이 돼서 항상 함께 돌아다녀요. 일 년에 한두 번은 오는데 가만, 영숙이한테 전화해 볼게요."

손님은 전화기를 꺼내더니 금세 번호를 눌렀다.

"나는 알지만 영숙이는 나를 모를지도 몰라요."

나는 자신없게 대답하면서도 호기심이 생겼다. 전화는 금세 연결되었다. 손님의 말소리로 보아 친해도 보통 친한 사이가 아닌 것 같았다. 손님이 내 얘기를 하는 것 같더니 금세 내 앞으로 전화기를 내밀었다.

"받아보세요. 영숙이가 석란 씨를 안대요."

내가 전화를 건네받고 조심스럽게 입을 열었다.

"여보세요?"

내가 채 말을 끝내기도 전에 전화기에서 낭랑한 목소리가 반겼다.

"어머, 너 강석란 맞아? 아, 드디어 찾았네. 항상 네가 궁금했었는데 정말 반갑다."

나는 순간 코끝이 찡했다. 나를 궁금해 했다는 것만으로도 기쁨이 넘쳤다. 나의 기억에 영숙이는 공부를 잘했다는 것과, 키가 컸다는 것. 그리고 굉장히 가난했다는 것만 기억이 났다. 전화기에서 햇살처럼 맑은 목소리가 또 들려왔다.

"서산가면 꼭 찾아갈 게. 정말 반갑다."

"응, 나도 반가워."

전화를 손님에게 건넨 후 나는 가슴이 부풀었다. 누군가 나를 궁금해 하고 기억해준다는 것이 얼마나 기분 좋은 일인지 새삼스러웠다. 손님은 전화를 끊고 덩달아 기분이 좋은 듯 영숙이 친구에 대해서 이런저런 이야기를 풀어냈다.

"영숙이는 책 쓰는 작가가 됐어요. 옛날부터 공부를 잘하더니 애들 다 키워놓고 시부모 모시다 두 분 다 돌아가신 다음에 50이 넘어서 작가 공부를 시작했는데 지금 책도 여러 권 냈어요."

손님은 향숙 씨라고 했다. 영숙이와는 둘도 없는 중학교 동창이라고 했다.

그로부터 두어 달이 지난 주말이었다. 전화가 걸려와서 받으니 영숙이었다.

　　서산에 사는 동창의 여식 혼사가 있어서 온 김에 나를 찾아온다는 전화였다. 나는 그때까지 동창회에 나가 본 적도 없었다. 그러니 동창들의 경조사에도 얼굴을 내민 적이 없었다. 그래서 그때까지 동창들의 소식을 몰랐고, 친구들과도 더 고립될 수밖에 없었다.

　　나는 전화를 받은 후부터 가슴이 설레였다. 영숙이는 수술받기 전 나의 모습을 기억하고 있을 게 뻔했다. 그런데도 나를 궁금해 했고 찾아와 준다니 너무 고마웠다. 결혼식장에서 밥을 먹고 온다고 했으니 특별히 준비할 일도 없는데 나는 그때부터 일이 손에 잡히지 않았다.

　　점심시간이 끝나고 한 시간쯤 지났을 때 다시 영숙이의 전화가 걸려왔다. 시장 입구까지 와있다면서 자세히 길을 물었다. 그로부터 10여 분 후 영숙이가 친구 둘을 데리고 나타났다. 그 친구들도 초등학교 동창이었다.

　　나는 얼마나 반가운지 몰랐다. 마침 그 시간에 손님이 없어서 궁금해 하는 영숙이에게 그동안 살아온 이야기를 풀어냈다. 영숙이는 나의 이야기를 들으며 가끔 눈시울도 붉혔다. 나는 그런 영숙이가 더 없이 고마웠다. 나는 영숙이의 구두를 벗어보라고 했다. 나에게 관심을 갖고 찾아와준 친구에게 내가 할 수 있는 한 뭐라도 해주고 싶었다. 나는 영숙이의 샌들 굽을 갈고 밑창도 튼튼하게 붙여주었다. 영숙이는 디지털 카메라를 가방에서 꺼내 내가 구두를 고치는 모습과 가게와 명함, 그리고 가훈까지 세세하게 사진을 찍었다.

두어 시간 동안 지나온 내 이야기를 들어주던 영숙이가 돌아가고 난 뒤, 나는 아련한 어린 시절이 떠올라 한동안 멍하니 앉아있었다.

그 후 영숙이는 가끔 전화를 걸어왔다. 그러던 어느 날 영숙이가 말했다.

"네 이야기를 팔봉초등학교 37회 친구들 카페에 올렸어. 사진이랑 함께. 모두들 반가워하고 있어. 앞으로 동창회도 나와. 나이 들어 갈수록 옛날 친구들이 그립잖아."

영숙이는 가게로 찾아왔을 때 나의 이야기를 진지하게 들어주며 사진도 찍어가더니 아마 초등학교 동창 카페에 내가 살아가는 모습을 올린 모양이었다. 나는 반갑기도 하고 조금은 부끄럽기도 했다.

또 한 달쯤 흐른 어느 날 영숙이가 다시 전화를 했다.

"석란아, 너, 네가 살아온 이야기를 글로 쓸 수 있겠니?"

나는 어리둥절했다. 글로 쓰라니 글재주도 없는데 나는 영숙이의 말이 너무 막연했다. 내가 뜸을 들이자 영숙이가 다시 말했다.

"지금 네 모습이 참 자랑스러워. 그래서 생각해봤는데 장애인 수기 공모하는데 네 이야기를 써서 공모해보면 어떨까? 내가 너한테 감동을 받은 것처럼, 네 글을 읽는 사람도 분명히 감동을 느낄 것 같아서 하는 말이야."

나는 영숙이의 말이 먼 나라 이야기로만 들렸다. 물론 영숙이는 글을 쓰는 작가니까 그런 생각을 했을지도 모르지만, 나는 너무 생경한 이야기였다. 내가 어리둥절해 하자 영숙이가 다시 말했다.

"어렵게 생각하지 말고 그냥 일기를 쓰듯 네가 화상을 입었던 때부터 차분히 풀어내면 돼. 차차 시간을 두고 써 봐. 다 쓰면 언제든 나한테 보내봐."

나는 영숙이의 제안을 받고 지난 삶을 다시 되돌아 볼 때가 많았다. 잊혀진 것 같던 아픔들이 다시 되살아나서 조금은 괴롭기도 했지만, 그동안 긴 터널을 헤쳐나와 구두를 고치고 있는 내자신이 자랑스럽기도 했다.

나는 시간이 나는 대로 영숙이가 부탁한 글을 일기를 쓰듯 풀어냈다. 그러나 몇 줄 쓰면 더 이상 쓸 말이 없었다. 그래도 영숙이 덕분에 나름대로 살아온 날들을 정리하게 되었다.

영숙이에게 글을 보내놓고 혹시나 하는 기대감도 들었다. 영숙이는 기회가 닿는 대로 그 글을 더 늘여서 장애인 수기 공모에 내보겠다고 했다. 그런데 몇 달 후 영숙이가 생각하고 있던 곳에서 공모를 취소했다는 연락이 왔다. 나는 한편 서운한 생각도 들었지만 늘 영숙이가 고마웠다.

영숙이는 나의 이야기를 상세하게 자신의 블로그에 사진과 함께 소개했는데 많은 사람들이 격려의 댓글을 달아놓았다고 말해

주었다. 나는 그것만으로도 고립되어 살던 내가 영숙이로 인해 친구들에게 알려지고, 또 내가 모르는 사람들로부터 격려를 받는다는 사실이 위안이 되었다.

그 후 2년여가 지난 가을이었다. 어느 날 가게에서 구두를 고치고 있는데 낯선 전화가 걸려왔다.

"여기 KBS 방송국인데요. 강석란 씨 맞습니까?"

나는 깜짝 놀랐다. 방송국에서 나를 찾을 사람이 누가 있는가. 나는 사기전화인 줄 알고 대답도 하지 않고 그대로 수화기를 내려놓으려 할 때였다.

"여보세요? 서산에 사시는 강석란 씨 아니에요?"

다급한 목소리가 다시 들려왔다. 나는 전화를 끊으려다가 고개를 갸웃거리며 입을 열었다.

"네. 제가 강석란인데요. 방송국에서 저를 어떻게 알고."

상대가 놀라는 나를 의식한 듯 급하게 말했다.

"아, 문영숙이라는 친구분 있으시죠?"

나는 그제야 잘못 걸린 전화가 아니라는 걸 알았다. 순간 반가움부터 밀려왔다.

"네. 알아요. 제 친군데요, 왜 그러시죠?"

"아, 그 친구의 블로그에서 강석란 씨에 대한 글을 읽었어요. 그래서 전화를 드린 겁니다."

나는 갈수록 궁금했다. 글을 봤는데 왜 방송국에서 전화를 했을까. 내가 어리둥절하고 있는데 저쪽에서 다시 말했다.

"저, 강연 100도℃ 아세요? 그 프로그램 담당자에요. 강연 100
℃에 출연해 달라고 전화를 드린 겁니다. 허락하신다면 저희가
곧 찾아뵙겠습니다."

나는 꿈을 꾸는 것 같았다. KBS 방송국이라면 최대의 국영방
송이었다. 그곳에서 전화를 한 것도, 영숙이의 블로그에서 나에
대한 글을 읽었다는 것도, 강연 100℃에 출연을 해달라는 것도,
나와는 전혀 어울리지 않는 낯선 것들이었다. 나는 컴맹이기 때
문에 영숙이가 어떤 글을 올렸는지, 자세히 알지도 못했다. 나는
알았다고 대답하고 전화를 끊자마자 영숙이에게 전화를 걸었다.

영숙이는 그때 중국 여행중이라고 했다. 간단히 용건을 말하
자마자 '무조건 한다고 그래. 알았지? 한국에 가서 연락할게.' 라
고 말하면서 외국이라서 전화통화를 길게 할 수 없다며, 무조건
하겠다고 대답하라는 말만 강조하고 급히 전화를 끊었다.

나는 그 날부터 어리둥절한 채 밤에 잠도 제대로 오지 않았다.

며칠 후 방송국에서 취재를 왔을 때도 실감이 나지 않았다. 방
송국 취재팀은 영숙이의 블로그에서 나에 대한 내용을 다 읽었
다며, 나에 대해 비교적 소상히 알고 있었다.

나는 하루아침에 방송국에서 강연을 하게 되었다는 게 영 실
감이 나지 않았다. 어릴 때 그토록 심하게 놀림을 받으며 자살까
지 생각하다 결혼을 했고, 결혼을 하고나서도 교회와 일터 밖으
로는 잘 나가지도 않았다. 그런데 전 국민이 다 보는 방송국에
나가서, 잠깐도 아니고 몇 십분 동안 강연을 하라니, 나에게는

도저히 어울리지 않는 일인 것만 같았다.

그 후 방송국에서 취재를 와서 나에게 용기를 주었고, 영숙이도 전화로 격려해 주어서 조금씩 용기가 생겼다. 그래도 녹화를 하는 날이 하루하루 다가올수록 얼마나 초조한지 몰랐다.

아이들은 어떻게 생각할까 싶어 아들과 딸에게 이야기를 했더니 아이들은 엄마인 나를 자랑스러워하는 것 같았다.

방송국에서 걸려온 전화를 받은 후 거의 한 달 동안 나는 두려움과 설렘으로 초긴장이 되었다.

방송국에서 전화가 걸려온 지 드디어 한 달 후 생전 처음 녹화를 하기 위해 방송국에 갔다. 서울에 사는 영숙이도 함께 해주었고, 서산에서 사는 수예와 주권사님, 그리고 예산에 사는 종제가 함께 해줘서 내게 힘을 보태주었다.

아들과 함께라서 훨씬 더 든든했다. 딸은 마침 아이를 낳은 지 보름 밖에 안 되어서 외출을 할 수가 없어 아쉬웠지만 사위가 함께 해 주어서 힘이 되었다.

강연녹화를 앞두고 얼마나 긴장을 했었는지 입안까지 헐었었는데 막상 녹화를 할 때는 차분하게 할 수 있었다.

강연
후

　나는 10월 30일 녹화를 마치고 본 방송이 될 때까지 2주 남짓한 기간에도 마음을 놓을 수가 없었다. 내 모습이 텔레비전에 어떻게 나올까. 사람들은 나의 삶을 보고 어떤 반응을 할까. 혹시 실수라도 많이 한 것은 아닐까. 날마다 초조해서 얼른 본 방송날이 지나가 버렸으면 하고 바랐다.

　지난 2013년 11월 17일 밤 8시. 그날은 마침 일요일이라서 교회에서 예배를 드리는 시간이었다. 그날 아침부터 텔레비전에서는 간간히 강연 100℃에 대한 짤막한 예고가 나갔다. 나는 그때도 텔레비전에서 잠깐 잠깐 비치는 내 모습을 보고 바짝 긴장이되었다.

　나는 예배시간 때문에 그날 보지 못하고, 다음 날 다시보기로 내 강연 모습을 보았다. 나는 내 모습을 보며 꿈을 꾸는 것 같았다. 옛날의 힘겨운 삶들이 다시 되살아나서 눈물이 흐르기도 했다. 녹화를 할 때는 몰랐는데 방청객 중에서도 우는 사람이 많았다.

방송이 나간 다음 날부터 여기저기서 전화가 걸려왔다. 한두 사람이 아니었다. 나의 강연을 보고 용기를 얻었다는 사람도 있고, 힘내서 행복하게 살라고 격려하는 사람도 있었다. 어떤 사람은 너무 감동해서 직접 선물을 보내겠다고도 했다.

나와 영숙이에게 다리를 놓아준 향숙 씨는 방송이 나간 다음 예쁜 꽃화분을 사들고 나를 찾아왔다. 나는 향숙 씨를 비롯한 많은 사람들이 하나같이 자기 일처럼 기뻐해주는 모습을 보며, 세상이 얼마나 따뜻한지를 실감하고 있다.

어느 지방 신문사에서는 전화로 인터뷰를 요청했고, 내가 일하는 모습의 사진과 기사가 실린 신문도 배달되었다. 나는 방송의 위력이 그토록 큰 것인 줄 방송이 끝나고 나서야 체감할 수 있었다.

서울에 있는 일간지에서도 전화 인터뷰 요청이 왔고, 지방의 신문들도 인터뷰가 줄을 이었다. 나는 방송에 나간 뒤로 힘들었던 시간들을 꿋꿋하게 이겨낸 보람을 느낄 수 있었다. 무엇보다도 내 강연을 통해 위로를 받았다는 전화가 고마웠다. 지금껏 세상에서 내가 가장 힘들었다고 생각하며 살았는데, 내 방송을 통해 힘들어 하는 사람들을 위로 할 수 있었다는 게 얼마나 큰 보람인지 모른다.

방송에 나갈 수 있도록 영숙이 친구를 만나게 해준 향숙 씨에게도 고마웠고, 무엇보다 블로그에 글을 올려줘서 방송국의 강연 100℃ 팀이 나의 삶을 볼 수 있게 해 준 영숙이가 가장 고마웠다.

충청도 깊은 산골에서 그토록 심한 화상을 입고 사람들을 피해 달팽이처럼 움츠려 살아온 내가, 방송국에서 강연까지 하게 될 줄은 상상도 할 수 없는 일이었다.

인연이란 무엇일까. 나는 영숙이를 다시 만나게 된 것도 보이지 않는 하나님의 끈이 닿아 있었다고 생각한다. 영숙이의 따뜻한 마음이 나에 대해 글을 쓰게 했고, 그 글이 방송국과 연결이 되는 매개체가 되었지만, 영숙이도 나도 방송에 나가게 되리라고는 생각조차 해보지 않은 일이었다.

내가 다니는 교회에서는 12월 1일 행복나눔 축제 주일예배 시간에 전교인들에게 방송을 보여주었다. 많은 성도들이 눈물을 흘리며 나를 격려해주고 칭찬도 해주었다. 얼마나 고마운 사람들인지 갈수록 세상에 대해 감사할 일이 늘어나고 있다. 벌써 여러 교회에서 간증을 해달라는 청탁이 왔다. 나는 방송을 하기 전에 간증을 할 수 있게 해달라고 기도를 했는데 하나님은 그 청을 들어주신 것이었다.

나는 이제 많은 사람들에게 나의 삶이 알려진 만큼, 남은 날 동안 더 열심히 더 성실하게 구두를 고치며 살아야겠다는 다짐을 한다. 나의 일상의 하루하루가 감사로 이어지는 삶이 되기를 여전히 기도할 것이다.

나는 KBS 방송국의 '강연 100℃'가 인연이 되어 내가 살아온 삶이 한권의 책으로 나오게 된 것도 꿈만 같다. 내 삶을 친구인 영숙이가 쓴다는 것도 대단한 축복이라고 생각한다.

모든 일에 성심을 다한다면 이렇게 전혀 예기치 못한 행운들이 함께 한다는 사실을 나는 온 몸으로 느끼면서 더욱 더 겸손해지려고 노력하고 있다.

*이 글은 2011년 석란이를 만난 직후 석란이가 구두를 고치는 사진과 함께

석란이와 내가 만난 순간을 내 블로그에 올렸던 글이다.

절망은 없다,
내친구 강석란

　내가 막 쉰에 이르러 인터넷을 배우고 나서 고향친구들이 그리워질 무렵 2001년 5월 3일에 팔봉초등학교 37회 카페를 개설했다.

　나의 모교에서 우리학년은 전무후무하게 학생 수가 많아 4반까지 있었던 터라 팔봉초등학교 졸업생 중에서 37회 카페가 가장 가입자가 많았고 활발하게 활동했다.

　학생수가 가장 많은 이유 중 하나는 한국전쟁이 휴전되고, 전쟁터로 나갔던 아빠들이 가정으로 돌아온 다음해인 1954년 출생자들이기 때문이다.

　나는 처음에는 카페를 내가 관리하다가 카페 매니저로 남고 컴퓨터를 잘 다루는 친구에게 운영을 맡겼다.

운영자가 된 김은상 친구는 노래, 영상 사진 등등 다재다능한 실력으로 카페를 잘 운영해서 선후배들까지 우리 37회 카페를 들락거리고 고향소식이나 동문소식의 구심점이 되었다.

어느 날부터 나는 한 친구가 궁금해지기 시작했다.

선후배까지 가입자가 1000여 명을 넘었는데도 그 친구 소식은 아무도 알지 못했다.

팔봉초등학교 37회 졸업생 강석란.

석란이는 초등학교 3학년 때 심한 화상을 입었다.

1960년대 초반 시골에서는 석유를 등잔에 넣어 불을 켜고 살았다. 석유는 한 달에 한번 반장 집으로 가서 유리대병에 한 병씩 받아왔다. 나도 석유를 받는 날은 집에서 1킬로미터 가까이 되는 반장집을 들락거렸다. 석란이네 집은 좀 더 밝은 불이 필요했는지 석유에 휘발유를 조금씩 타서 썼단다.

석란이가 초등학교 3학년이던 1964년 초겨울.

석란이는 언니 둘과 등잔에 석유를 붓고 있었는데 석란이가 불이 붙은 등잔 심지를 들고 등잔이 잘 보이게 하려고 석유가 든 대병에 가까이 대는 순간 그만 석란이가 들고 있는 등잔심지에 옮겨 붙으며 석란이의 온 몸에 심각한 화상을 입힌 것이었다.

두 언니들은 겁이 나서 어른들에게 얼른 알리지 않고 불을 끈다고 어린 손으로 부채질을 했던 터라 석란이는 화상을 더 심하게 입어버렸다.

어른들이 달려왔을 때 석란이는 생명까지 위험할 정도로 얼굴
전체를 심하게 데었고 왼손도 형편없이 뭉그러져 있었다.

석란이는 그때부터 학교에 나오지 못하고 오래 동안 시골에서
화상을 치료했다. 물론 지금처럼 의술이 발달했더라면 피부이식
도 했으련만. 그때 석란이는 일단 화상으로 뭉그러진 피부를 아
물리는 게 치료였다.

타버린 피부가 낫는 과정에서 피부들은 심하게 오그라들었고
턱이 어딘지, 목이 어딘지, 입술이 어딘지조차 모르게 변했다.

우리가 5학년이 되었을 때 석란이가 학교에 나타났다.

친구들은 모두 석란이를 보고 기절초풍할 지경이었다. 목이
완전히 타서 턱이 목에 붙어버렸고 입술도 완전 뒤집혀 앞니 두
개가 토끼처럼 나온 데다 얼굴도 울퉁불퉁, 게다가 아래턱이 목
에 붙어 고개를 숙인 형태라 눈은 완전 하늘을 쳐다보듯 흰자만
보였다. 그래도 석란이는 2년간 학교에 다녀 초등학교를 졸업
했다.

그리고 그 후로 아무도 보지 못했다.

나는 카페에 친구들이 모여들 때마다 석란이는 어디서 잘살고
있을까 무척 궁금했다.

그러던 차에 2011년 여름 어느 날이었다.

서산 시내에 사는 향숙이 친구가 잘 다니는 단골 구두 수선집이 있는데 그곳에서 우연히 초등학교 이야기를 하다가 내 얘기가 나왔고 석란이가 내 동창이란 사실을 알게 된 향숙이가 내게 전화를 걸어 석란이의 안부를 전해주었다.

석란이는 화상을 심하게 입은 애로 내 기억에 남아 있었고 석란이의 머리속에 나는 찢어지게 가난하던 공부 잘하던 애로 기억되어 있었다.

나는 즉시 석란이와 통화를 했다.

그리고 바로 며칠 후 고향에 갈 일이 있어 볼일을 마친 후 석란이를 찾아갔다.

석란이를 본 첫 느낌은 천사의 얼굴을 보는 것 같았다.

웃는 모습, 나를 반갑게 맞는 모습, 열심히 구두를 고치는 모습에서 욕심없고 밝은 얼굴에 아름다움이 깃들어 있었다.

"잘 살고 있구나. 고맙다. 석란아. "

"나를 찾아준 친구가 있다니 내가 오히려 고맙지. 고마워 찾아줘서."

우린 그렇게 인사를 나누고 그동안 석란이가 살아온 이야기를 들었다.

"나 자살 시도도 세 번이나 했었어. 다행히 착한 남편 만나서 아이도 낳고 우리 남편은 곱추였는데 천사보다 더 착한 사람이었어. 성형수술도 나라에서 해줘서 성공적으로 받았어. 내 아들은 목사야. 내 딸도 대학원에서 신학을 공부하고 있어. 나 학교 다닐 때 생각하면 지금도 지옥이야. 애들이 나무 막대로 때리고 찌르고 용천백이라고 놀리고 더럽다고 침 뱉고, 나 그때 너무 힘들었어.

"애들이 어려서 그랬을 거야. 철이 없어서. 그런데도 잘 견뎠구나. 장하다. 수술도 성공적으로 했구나. 너 참 예쁘다. "

"나 수술 우리 딸 여섯 살 때 결심했어. 골목을 지나가는데 우리 딸이 친구에게 놀림을 받는 거야. 내가 괴물이라고 놀리는 걸 우리 딸이 악을 쓰며 대들더라. 우리 엄마도 예뻤던 때가 있었어. 우리 엄마 괴물 아니야. 라고 . 나 그 소리 듣고 수술 결심했어."

"잘했다. 네 얼굴 천사같아. 참 이쁘다."

"친구야. 나 찾아준 것만도 너무 고마워."

난 그렇게 석란이를 만나 내 구두까지 고치고 서울로 돌아왔다.

세상에는 누구나 상처를 끌어안고 살아간다. 더러는 못 견디고 자살도 한다. 석란이는 남편을 먼저 보내고 남편이 하던 일 구두수선을 배워 지금은 구두대학병원 원장이다. 구두에 관한 한 만능박사이다.

석란이는 대퇴부에서 피부를 떼어 목을 만들고 목이 생기자 자연히 아래로 붙었던 얼굴이 제자리를 찾았고 눈도 원래로 돌

아왔다. 왼손은 너무 많이 데어 손목을 자르려고 했는데 석란이
가 하도 울어서 애기 손가락 같은 엄지만 붙은 채 뭉그러졌는데
그 엄지로 구두를 붙잡고 수선을 하는데 꼭 필요한 손이 되어 있
었다.

　구두를 고치는 석란이를 보며 사람들이 석란이의 삶을 통해
위로를 받고 용기를 갖을 것 같았다.

"석란아, 잘 **살아줘서** 고맙다.

너를 보며 많은 사람들이

위로를 받을 거야."

나의 왼손

제1판1쇄 발행 | 2014년 1월 15일

지은이 | 강석란, 문영숙

펴낸이 | 소준선

펴낸곳 | 도서출판 세시

출판등록 | 3-553호

전화번호 | 02-715-0066

팩스 | 02-715-0033

Email | sesi3344@hanmail.net

ISBN | 978-89-98853-08-2 03810